中村佐知

隣に座って

スキルス胃がんと闘った
娘との11か月

Forest Books

装丁・装画　桂川潤

目次

プロローグ　4
第一章　宣告　9
第二章　闘病　25
第三章　最後の三十時間　191
エピローグ　220
あとがき　224

プロローグ

（一九九六年　ミホ二歳）

ミホが病気になった。

たて続けに咳き込み、息を継げずに苦しそうにあえぐ。

咳をしながらも、私の腕の中で何か言いたそうにしている。苦しいに違いない。「助けて！」と言いたいのだろうか。

ミホの顔が赤紫色に変わっていく。

私には彼女を膝の上に抱きかかえ、背中をさすってあげることしかできない。

そのうち、咳き込みすぎて嘔吐してしまった。

しかしようやく息を継ぐと、私を見上げてか細い声でミホが言った。

1996年　ミホ2歳　自宅にて

「ママ、好き。ママ、好きよ」

ミホの私への愛、全き信頼、そしてそこからくる平安。
母の腕の中に守られているというその事実を知っていたからだろうか、
苦しみの真っただ中にあっても、ミホの口から出てきたのは母への愛の告白だった。

私にはできるだろうか？
苦しみの真っただ中にあるとき、自分が主の御腕の中にしっかりと抱かれ守られていることを自覚し、そこに平安を見出せるだろうか？

「主よ、なぜですか？」ではなく、
「主よ、あなたを愛します」と言えるだろうか……？

「しかし　主よ　私はあなたに信頼します。私は告白します。『あなたこそ私の神です』」
（詩篇三一・一四）

"PEACE" by Miho K. Nakamura April 12, 2015

A slow, quiet breath.
Your exhale gently brushing my shoulders
Steady,
As to remind me of your everlasting presence
You are always here with me.
Water streaming down my back
A constant cascade over my spine.
Your waterfall is cool, refreshing
Pulsing in time with you
Your veins intertwined with mine
Alive, we are together.
We walk, our footsteps make prints in the ground
With us, the sound of rustling leaves;
The trees enjoy our company.
Birds singing here
Where it is always spring
The air is fresh against my skin
Like your breath upon my shoulders.
I know calm, because you love me
I know peace, because you never leave
I turn away fear, for fear forever fears you
I feel your face forever smiling upon me.

「平安」

ゆっくりとした、静かな息遣い
　あなたの吐息が優しく私の肩に触れる
　揺るぎなく
　　共におられるあなたの臨在を
　　まるで私に忘れさせまいとするように
　　　　　あなたはいつも私とここにいる。
背中をつたい落ちる水
　背骨に沿った、絶え間ない流れ
　あなたの流す滝は冷たく、心地いい
　　あなたのリズムに合わせて脈打ちながら
　　私たちの血管が絡み合う
　　　生きている、一緒に。
私たちは歩く　地面に足跡を残しながら
　ともに、葉のかすれる音がする
　木々も私たちがここにいることを喜んでいる
　　鳥たちがさえずる
　　いつでも春のこの場所で
　　　肌に触れる空気は清々しい
　　　肩をなでるあなたの吐息のように
平穏　あなたが私を愛しているから
安らぎ　あなたは決して私を一人にしないから
私は恐れを退ける　恐れは永遠にあなたを恐れるから
あなたの御顔がとこしえに私に微笑んでいる

（2015 年 4 月 12 日　中村美穂　訳：中村佐知）

第一章

宣告

神が光の中で示してくださったことを、暗闇の中で決して疑ってはならない。

ビクター・レイモンド・エドマン

スタンド・ウィメンズ

二〇一五年三月末、私は南カリフォルニアで開催された「スタンド・ウィメンズ」というカンファレンスでの奉仕を終えて、シカゴに帰宅したばかりだった。日本のゴスペル界を牽引する粟野めぐみさんとラッカー陽子さん主催の、クリスチャン女性が輝いて生きるためのカンファレンスだ。

最終日のセッションで、私は次女ミホのことについて少し話した。そのときの原稿代わりのメモにはこう書かれていた。

「ミホはこの四年あまり、ずっと鬱という痛みの中にあること。本人も、私も、神様に信頼し、期待しながら、じっと耐え忍び、治療に取り組みつつゆっくり進んできた。しかしようやく事態が好転してきたかと思ったら、またどん底に突き落とされることの繰り返し。これだけつらい思いをするからには、この苦しみによって品性を練られた者となり、いつか癒やされて、神様に仕える人になってほしい、それが私の願いであり切望だった。しかしそのことについて祈っていたある日、神様は私に次のように語られた。

『もしも、このままミホが癒やされなかったら？　もしもミホが鬱で寝たきりのままでこの世の一生を終えることになったら？　それでもあなたはわたしを愛するか？　それでもわたしは、あなたにとって充分な存在か？　わたしはあなたの痛みも苦しみも、不安も恐れも、願いも期待もすべて知っている。もしそれらのものが、何一つあなたの願うようにはならなかったとしても、それでもわたしはあなたに充分か？　わたしがいれば、あなたはそれで充分か？』」

私はアン・ヴォスカンプというカナダ人ブロガーのことばを引用して、参加者に問いかけた。「イエス様はあなたにとって麗しいお方ですか、それとも単に便利なお方ですか？(Is Jesus beautiful to you, or just useful to you?)　私たちが何かをするしないにかかわらず、私たちの存在を尊び愛してくださるイエス様に、私たちもまた、何かをしてくださるかどうかにかかわらず、ただあなたを愛し礼拝します、と言えますか？　あなたがいれば私は充分ですと、言うことができますか？　イエス様がいれば、あなたは充分ですか？」

ERへ

四月三日（金）夜九時頃、寝室で寝支度をしていると電話が鳴った。ニュージャージーに住む長女エミを訪問中の夫からだった。エミは現地の学校で音楽教師として働いている。夫はミホと二人で、エミの誕生日を祝うために訪問していたのだ。南カリフォルニアから戻ってきたばかりの私は、下の二人の子どもたちと留守番をしていた。

「ミホが背中が痛くて眠れないと言うから、今、こっちのER（救急外来）に来てる」

「えっ、そんなに痛いの？　月曜日にはシカゴに戻るんだから、それまで待てなかったの？」

「だって、痛いって言って泣いてるんだよ？　ほっとけないだろ？」

「背中が痛いくらいで旅行先で救急に行ったら、保険会社からあとですごい請求が来るかもね」

「痛いだけでなく、右半身にしびれが出てきたって言うんだよ」

「そうなの？　どうしたんだろう。ただの筋肉痛じゃなさそうだね……」

「とにかく、様子がわかったらまた連絡するから」

「わかった」

ミホはここ数週間、背中が痛いとずっと訴えていた。先月アニマル・シェルターから保護犬を引き取り、毎日のように犬とおもちゃの引っぱりっこをしていたので、ミホも私も、てっきり筋肉痛になったのかと思っていた。

「ウィルソン（犬）は引っ張る力がすごく強いから、私もいい運動になる！」ミホはそう言って喜んでいた。

それでも痛みがずいぶん続くようだったので、日本製の湿布を貼ってあげたり、市販の鎮痛剤を飲ませたりしていたのだが、まさか旅行中にＥＲに行くほど痛み出すとは。

夫とミホは木曜日の夜にシカゴを出発し、ニュージャージーまで夜通しドライブした。車の中で一晩過ごしたのがよくなかったのかもしれない。次に連絡が入るまで、寝ないで待つことにした。

数時間後、再び電話が鳴った。

「悪性リンパ腫かもしれないって」

「えっ？」

「いろいろ検査をしてもらって、痛みの原因はまだ不明なんだけど、最後にやったＣＴスキャンで体の右側のいくつかのリンパ節が腫れていることがわかった。通常の二倍以上だって。これは感染症による腫れではなさそうで、そうだとすると悪性リンパ腫の可能性が高いから、早くシカゴに帰ってすぐに病院に行くようにとドクターに言われたよ。だから予定を切り上げて、明日シカゴに戻る。エミとゆっくりできなくなったのは残念だけど、しかたがない」

夫の声は緊迫していた。私も、保険会社の請求の心配など吹っ飛んだ。

「……わかった。ミホは今どうしてる?」
「強い痛み止めをもらって寝てる」
「そう……。運転、気をつけてね」
「うん」

電話を手に持ったまま、しばらく動けなかった。悪性リンパ腫? つまり、がんの一種? そんなばかな……。

イースター(復活祭)

ニュージャージーからシカゴまでは、約一二五〇キロの道のりだ。夫とミホは、土曜日の昼前に向こうを出発し、十三時間車を走らせ夜中近くに帰宅した。そして少し休んでから、夜中のうちにシカゴ大学の病院へ行った。それが四月五日午前一時頃だった。

シカゴに戻って来る途中でニュージャージーの病院から連絡が入り、ＣＴスキャンの結果をさらに詳しく調べたところ、脊髄に疑わしい病変が見つかったと言われたそうだ。がんだとしたら、リンパ節から脊髄にまで広がっている可能性も出てきたとのこと。

悪性リンパ腫については、インターネットで土曜日のうちにいろいろ調べてみた。早期に適切な治療を受ければ、予後はそんなに悪くないはずだ。この時点では、私の脳裏に「転移」ということばは一切出てこなかった。

前日はよく眠れなかったせいか、日曜日の朝はイースターだというのに寝坊して、少し遅れて教会へ着いた。そして礼拝堂のいちばん後ろの列の座席に、マヤ（三女・十七歳）とケン（長男・十四歳）と並んでそっと座った。

イースターのメッセージを聞きながら、さまざまな思いが頭をよぎる。ミホはがんなのだろうか。突然のことすぎて、まったく現実味がない。そもそも何かの間違いかもしれない。まだ悪性リンパ腫と決まったわけじゃない。ミホが入院したのがイースターの朝だったというのは、何か意味がある気がする。復活。復活。イエスは死に打ち勝った。今日はそれをお祝いする日だ。

この日、ミホは病院からフェイスブックに、ある本の引用を投稿していた。奇しくも、私がちょうど翻訳している最中の本。ミホの心も復活のイエス様に向けられているようだ。

「第一コリント十三章が言わんとしているのは、愛は私たちの義務ではなく、宿命であるということだ。愛とはイエスの話した言語だ。そして私たちもイエスと会話できるように、その言語を話すよう召されている。愛とは神の新しい世界で

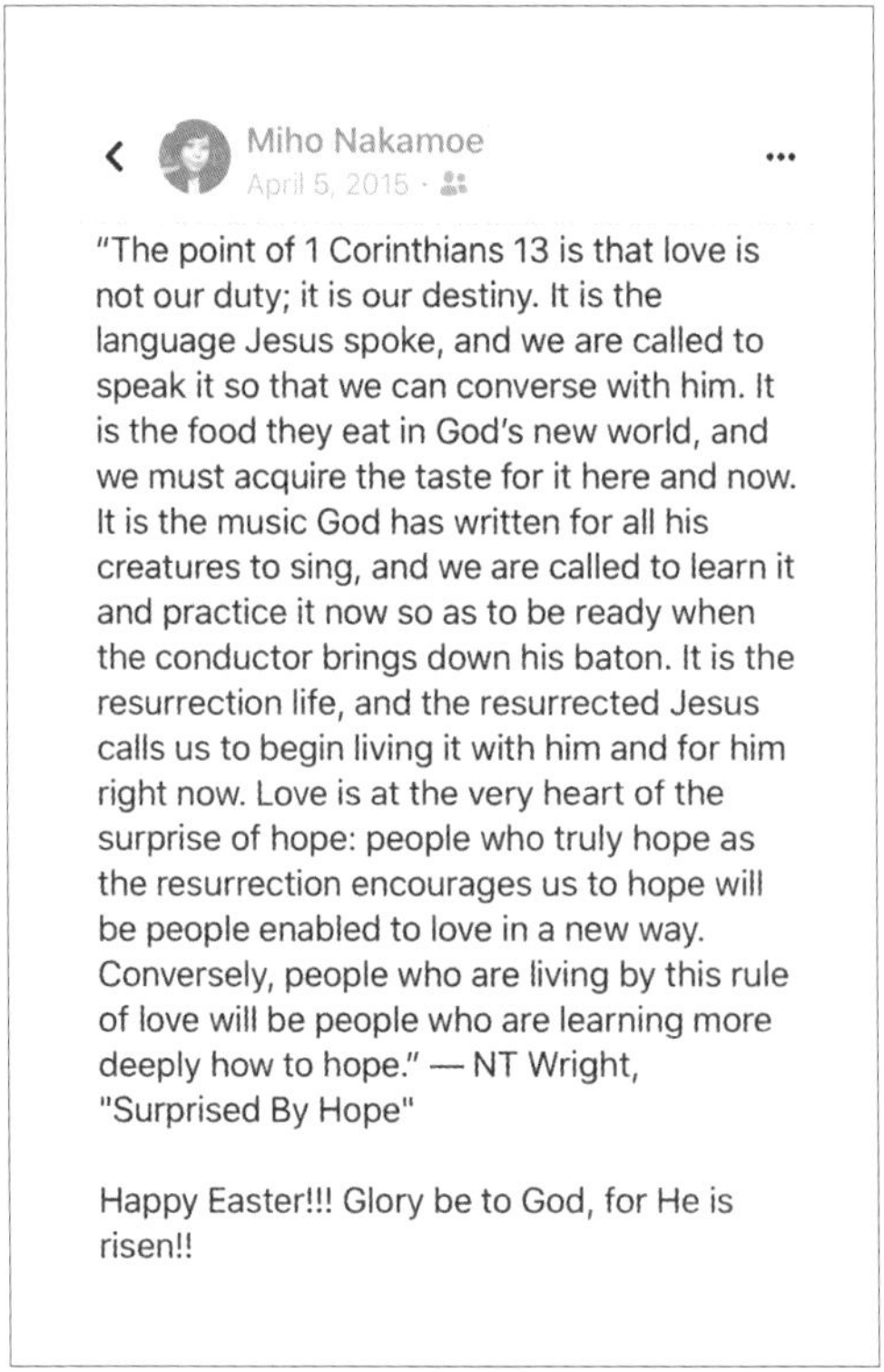
Miho Nakamoe
April 5, 2015

"The point of 1 Corinthians 13 is that love is not our duty; it is our destiny. It is the language Jesus spoke, and we are called to speak it so that we can converse with him. It is the food they eat in God's new world, and we must acquire the taste for it here and now. It is the music God has written for all his creatures to sing, and we are called to learn it and practice it now so as to be ready when the conductor brings down his baton. It is the resurrection life, and the resurrected Jesus calls us to begin living it with him and for him right now. Love is at the very heart of the surprise of hope: people who truly hope as the resurrection encourages us to hope will be people enabled to love in a new way. Conversely, people who are living by this rule of love will be people who are learning more deeply how to hope." — NT Wright, "Surprised By Hope"

Happy Easter!!! Glory be to God, for He is risen!!

ミホのフェイスブックから

私たちが食す食べ物だ。だから私たちは今ここで、その味を覚えなければならない。愛とはすべての被造物が歌うために神が書いた音楽だ。私たちは今それを学び、練習するように召されている。指揮者が指揮棒を振り上げるとき、私たちも歌う準備ができているように。愛とは復活のいのちだ。復活したイエスは、今すぐそのいのちを生き始めるように私たちを召している。イエスとともに、イエスのために。愛とは希望がもたらす驚きのまさに中心にある。復活によってもたらされた真の希望を持つ人々は、新しい方法で愛せるように変えられるだろう。逆に言えば、この愛の規範に従って生きている人は、希望を持つことをより深く学んでいる人だろう」（N・T・ライト『驚くべき希望』〈あめんどう刊〉より）

イースターおめでとう‼　よみがえられた主に栄光あれ‼

ウィルソン

ミホがウィルソンをシェルターから引き取ってきたのは、一か月前の三月五日だった。ミホは以前から犬を飼いたがっていたのだが、うちのように数年に一度は数週間日本に帰る家庭には、ペットを飼うのは難しい。だからミホにもずっとそう言っていた。

しかし今回は違う返事をした。十六歳の頃から何度となく鬱に悩まされ、二度の入院も経験していたミホが、最近ようやく、今度こそようやく、調子が上向きになってきたのだ。ミホはニューヨーク大学を一年で中退し、セラピーや投薬を続けながら自宅で一年あまり療養生活を送っていた。そして、前年の暮れにイリノイ大学シカゴ校に編入手続きをしたところだった。一時期と比べたら別人のように元気になっていたが、まだ不安定なところもある。犬を飼うというのは、彼女にとって一種のセラピー効果があるかもしれない。実はそんなことを昨年末から考えていた。

親友のエムラやボーイフレンドのマイケルは犬を飼っていて、彼らの家に行くといつも犬と楽しく遊んでいるようだったので、ミホにとって悪くないかもしれないという気がしていたのだ。そこで今回ミホから再び「犬を飼いたい」と言われたとき、私は「いいかもね」と答えた。そして翌日一緒にシェルターに見に行ったら、ウィルソンと出会った。

チワワと何かのミックスで（のちにジャックラッセルとのミックスらしいと判明）、生後一年くらい。まさか見に行ったその日に我が家に来ることになるとは予想だにしなかったが、ウィルソンはやって来た。ミホが選んだ紫色の首輪をつけて。

シェルターの情報によると、ウィルソンはもともと迷い犬だったらしい。それを誰かが拾って飼い始めたものの、仕事で日中は面倒を見られなかったため、結局シェルターに連れてきたのだそうだ。うちに来た当初のウィルソンは、しっぽの先と足が薄茶色に染まっていた。「ピー・ステイン」、つまり、尿によるシミだと言われた。日中はケージに入れられたままトイレにも連れ出してもらえず、垂れ流し状態だったらしい。毛が生え替われば元通りの色になるとのこと。しつけはされておらず、トイレの訓練もできていない。「一歳ですが（人間で言えばティーン）中身はまだ幼児です」と言われた。

　でも、うちでは靴や家具をかじることもなくいい子にしている。勉強中のミホにすり寄って、おなかをさすってもらいながらリラックス。この二人（一人と一匹）、どうやら運

シェルターで初めて出会ったときの二人

命の出会いだったようだ。

検査結果

復活祭の早朝に大学病院に入院したミホは、ただちにいくつもの検査を受けた。まずMRI。これで首と背中に圧迫骨折があることが確認された。そして月曜日に脇のリンパ節からサンプルを取って生検をし、水曜日にその結果が出た。四月なのに、まだ冬が残っているかのような薄曇りの朝だった。

私たちが病室で待っていると、何人もの医師が入れ替わり立ち替わり挨拶にやってくる。この数日、いろいろな検査をしてくださった先生方らしい。しかし、どの先生も肝心の生検の結果は教えてくれない。そのうち二人組のわりと若い先生がやってきた。ほかの先生たちと同じように私たちに握手の手を差し伸べながら自己紹介をして、それから単刀直入にこう言った。

「生検の結果が出ました。メタスタティック・キャンサーでした」

メタスタティック？　それは何の臓器？　どこのがん？　初めて聞く単語。

「悪性リンパ腫ではなかったのですか？」夫が尋ねる。

「最初はそれを疑ったのですが、そうではありませんでした」

「メタスタティックということは、原発巣はどこですか？」

夫はちゃんと事情を飲み込んでいるようだ。でも、私には何が起こっているのかわからない。

「それを調べるのはこれからになります」

「では、ステージで言うと？」

「複数のリンパ節と脊髄にメタスタシスがあるので、どこのがんだとしても、ステージ4になります。まだ二十歳のお嬢さんなのに、私たちも非常に驚いています」

「何？　メタスタって、何？」私は夫に小声で尋ねた。

「転移だよ」

医師はそのあと、これからさらなる検査をして原発巣を見つけること、そして背骨の圧迫骨折に対処することについて説明してくれたらしいのだが、私の頭にはほとんど何も入ってこなかった。

医師たちが去ったあと、私も夫もしばらくことばが出なかった。ミホを振り返ると、彼女はベッドの上で座ったまま、ハラハラと無言で涙を流していた。

「ミホちゃん……」

「今はひとりになりたい。今日はもう帰っていいよ」

ミホは静かにそう言った。泣き崩れるでもなく、ベッドの上に凛として座っていたミホは、近寄りがたいまでに尊く、私たちはただ黙って部屋を出た。

壁も、床も、階段の手すりも、すべてがグレーに見える。この病院の内装は、こんなにモノトーンだったろうか。

病院の入り口近くの階段で、ミホのボーイフレンドのマイケルと鉢合わせた。

「マイケル！　ミホから生検の結果について、連絡あった？」

「いいえ、まだです」

「そう……。私の口から言うよりも、本人から聞くほうがいいかもしれない。早く行ってあげて」

私が泣きそうな声でそう言うと、彼は険しい表情で無言のまま階段を駆け上っていった。

第二章

闘病

私は今わかったのです。神様、あなたはなんと多くのものを私に与えてくださったことか。とても多くの美しいものと、とても多くの負い難きものを。それでも、さあそれを負いましょう、と自分に言うたびに、負い難きものがそのまま美しきものへと変えられたのです。そして、美しきものは、あまりに私を圧倒するように思えて、むしろこのほうが負うのが大変だと感じられるほどです。この小さな人間の心が、こんなにも多くのことを体験できるなんて。

ああ神様、なんと多くの苦しみと、なんと多くの愛でしょう。私はあなたへの感謝にたえません。このようなときに、この私の心をお選びになり、これらすべてのものを体験させてくださったなんて……。（エティ・ヒレスムの日記より）

＊エティ・ヒレスムは二十九歳のときアウシュビッツ強制収容所で処刑されたユダヤ人女性。

二〇一五年四月六日（月）

朝、祈っていたときに心に迫ってきたみことば。

「But none of these things move me……（これらの何ものも、私を動かすことはありません）」（使徒二〇・二四　新欽定訳）

私はさらに祈った。

「そうです、神様。今、いろいろなことをあなたの前に差し出しましたが、これらの何ものも、私を動かすことはありません。私はただあなたに信頼します」

ウィルソンを散歩させながら祈っていたので、帰宅してから聖書のこの箇所の前後を確認した。

And see, now I go bound in the spirit to Jerusalem, not knowing the things that will happen to me there, except that the Holy Spirit testifies in every city, saying that chains and tribulations await me. **But none of these things move me**; nor do I count my life dear to myself, so that I may finish my race with joy, and the ministry which I received from the Lord Jesus, to testify to the gospel of the grace of God.

（使徒二〇・二二〜二四）

「ご覧なさい。私は今、御霊に縛られてエルサレムに行きます。そこで私にどんなことが起こるのか、分かりません。ただ、聖霊がどの町でも私に証しして言われるのは、鎖と苦しみが私を待っているということです。けれども、私が自分の走るべき道のりを走り尽くし、主イエスから受けた、神の恵みの福音を証しする任務を全うできるなら、自分のいのちは少しも惜しいとは思いません」（使徒二〇・二二〜二四）

なんという箇所だろう（But none of these things move me に相当する部分はなぜか日本語訳にはないけれど）。神様があらかじめ、「何が起こっても、動かされることはないよ」と教えてくださったのだろうか。私がそのように告白できるよう、導いてくださったのだろうか。

この日の午後、聖書学者の山﨑ランサム和彦先生のブログで、復活祭の記事を読んだ。そこにはこうあった。

私たちが生きているこの世界は、不条理な世界です。正直者が馬鹿を見る世の中です。素晴らしい人物が若くして病気や事故で亡くなったりすることもあります。イエス・キリストを信じるクリスチャンであっても、様々な悩みや苦しみの種は尽きません。そして、神を信じていてもいなくても、やがて私たちは死を迎えることになります。では、イエス・キリストを信じることに何の意味があるのでしょうか？　それは、私たちには死を超えた希望がある、ということです。私たちはイエスを死からよみがえらせた神は全能の神であり、私たちをもいつの日か死からよみがえらせてくださることを信じることができます。そして、この神を信じて、その愛の教えに生きることは決して無意味でも愚かなことでもありません。私たちはいつの日か、神に従って生きた人生に対して、神ご自身が「しかり（Yes）」と言ってくださる声を聞くことができるのです。（「鏡を通して」二〇一五年四月六日の記事より）

四月十五日（水）

ミホの背中に放射線治療が始まった。朝七時十五分までに病院へ行き、十分ほどの照射を受ける。全部で十回。腕に張るフェンタニルという薬のパッチと、オキシコドンという薬で圧迫骨折による痛みを抑え、頭から首、背中を固定するカスタムメイドのコルセットを作ってもらった。背中の痛みが抑えられている限りは、比較的落ち着いている。コルセットをつけて、短時間ならウィルソンの散歩にも行く。動きすぎるとやはり痛むのと疲れが出るのとで、一日のうち半分はベッドに横たわっているが、食事は一緒に食べられるので感謝。

原発巣はまだ見つかっておらず、このままだと「原発不明がん」ということになる。放射線治療と平行して、どこに原発巣があるのか、ＣＴスキャン、ＭＲＩ、骨スキャン、マンモグラフィーなどの検査をして、体じゅうを順番に探している。

それでも本人は、この状況にしては不思議なくらい落ち着いている。彼女の口から出るのは、ウィルソンの世話に関すること以外はもっぱら感謝ばかり。彼女のために驚くほど大勢の方々が祈ってくださっている。直接の知り合いだけでなく、その教会の方々など、祈りの輪が広げられている。クリスチャンではない友人たちや親戚、しばらく教会を離れていたという友人たちも祈っているとおっしゃっている。もう三十年くらい連絡を取っていなかったのに、人づてに聞いたと言って連絡をくださった方たち、まったく知らない方なのに、たまたま私の祈祷課題を目にしたという方たちまで祈ってくださっている。この感謝はことばに言い尽くせない。

ミホは言った。「私は今、がんになったけど、鬱で苦しかった頃より幸せ」

四月二十九日（水）

背中に当てていた放射線治療が無事に終了した。照射を受けていた期間は、私は毎朝五時半起床で、ケンとマヤのお弁当を作り、六時過ぎにはミホを連れて家を出る毎日だった。それが終わってちょっと一段落。ミホのその後は、特に新しいニュースはない。先週末、内視鏡検査で上部消化管を見てもらい、また超音波で膵臓なども調べてもらったが、原発巣とおぼしきものは見つからなかった。念のため細胞を組織の深い部分からも採取して、さらなる検査に回している。それでも決定的なことがわからなければ、原発不明がんとして再来週あたりから化学療法が始まることになる。

痛み止めの薬の分量と種類を増やしてもらったおかげで、痛みはかなり抑えられている。先日は緩和医療専門のドクターとも会った。ミホはこのドクターに初めて会ったとき、一言「どうですか？」と優しく声をかけられただけで、張りつめていた緊張が解けたのかハラハラと泣き出してしまった。でも、その先生と話しているうちに落ち着いたようで、すぐに笑顔が戻った。ドクターは直通の電話番号をミホに渡し、痛みがどうしようもなくなったらいつでも電話しなさいと言ってくださった。

腫瘍内科のドクターは、どう見ても三十代という感じの若手の医師で、テキパキと率直に、しかし優しく説明してくださった。とはいえ、何しろ今のところ原発巣が見つかっていないので、試行錯誤でやっていくしかないとのこと。とにかく、高圧的なところはなく、こちらの言うことにもちゃんと耳を傾けて答えてくださったので、とても安心できた。

ミホはやはり疲れやすく、休んでいる時間が多い。それでも一日のうち何時間かは起きて、いろいろなことをしている。ウィルソンと遊んだり、本を読んだり、マイケルと出かけたり。その姿を見る限りでは、とても病気とは思えない。そして、そんなミホの目下いちばんの関心事は、アメリカにおけるアフリカ系アメリカ人の人権。先日ボルティモアで起こった暴動のニュースに胸を痛め、アフリカ系アメリカ人の人権についてフェイスブックに投稿している。それを見て、私は一瞬、「今のあなたはそれどころじゃないでしょ！」

と思ったのだけれど、自分のことでいっぱいになっていないミホの姿に、逆に励まされた。

それにしても、ウィルソンがこのタイミングで我が家に来たのは、神様のあわれみだったとつくづく思う。ミホだけでなく、家族全員がウィルソンの存在に慰められている。

放射線治療は、照射部位の皮膚の乾燥以外は副作用もあまりなく比較的楽だった。しかし化学療法が始まったらそうはいかないかもしれない。今いちばんの祈りは、原発巣が見つかること、いずれにしても行うことになる化学療法が功を奏すること、そして副作用がなるべく出ない、またはうまくコントロールされること。ミホ（と家族）が神様に信頼して、神様からの慰めと励ましを得続けられること、希望を持ち続けられること。祈ってくださっている方々に神様の豊かな祝福があり、祈りを通して皆さんと神様の関係がいっそう深められること。

四月三十日（木）

もう半年以上前になるが、スピリチュアル・ディレクション（霊的同伴）のセッション（注・日々の生活を振り返り、霊的同伴者との会話や祈り、みことばの思い巡らしなどを通して、自分の歩みの中のどこに神様がおられ、何を語っておられるかに注意を払い、応答していくための定期的な面談）で、福音書のある箇所を読んで、その情景の中に自分を置き、想像力を用いてその場面の空気を感じつつ、そこでイエスが自分に何を語っておられるかを聴く、という祈りをした。

その日のテキストはルカの福音書八章、弟子たちがイエスと舟に乗って湖を渡ろうとしていたときに、イエスが寝てしまった箇所だった。

その祈りの中で、イエスが弟子たちに「さあ、湖の向こう岸へ渡ろう」と言った、という部分が強く心に迫った。

舟に乗って湖に漕ぎ出したものの、途中で突風に見舞われて危険な状態になってしまった。それなのにイエスは寝ておられる。弟子たちは叫ぶ。「先生、先生、私たちは死んでしまいます」

そのときの私も、舟の上で突風にあおられ、水をかぶって死にそうになっているかのように感じていた。そして、祈りながら進んできたつもりだったのに、そのような状況になっているのは私に問題があったのだろうか、という思いにも悩まされていた。しかし、霊的同伴者がこの箇所を声に出してゆっくりと読むのを目を閉じて聴きながら、自分も弟子の一人として一緒に舟に乗っている様子を想像してイエスの御声に耳を傾けたとき、あることに気づいた。

それは、そもそも弟子たちがその舟に乗っているのは、イエスが「さあ、湖の向こう岸へ渡ろう」と促したからだということだった。それに気づいたとき、自分の人生に嵐があるからといって、それは私が神のご計画やご意志に反したことをしたからだとか、神のみこころではない場所にいるという意味だとは限らないとわかった。むしろ、イエスの促しに従ったからこそ、そういう状況に見舞われることもあるのだ、と。

このとき、同伴者にその気づきを伝え、「イエス様のほうから向こう岸に渡ろうとおっしゃったのだから、その途中で嵐に見舞われても、大丈夫です。イエスが共におられますから。向こう岸に渡ったとき、何があるか楽しみです！」と言うと、彼女はうなずき、それからためらいがちにこう言った。

「そうね……。ただ、このとき向こう岸に渡ってイエスたちが最初に出会ったのは、悪霊につかれたゲラサ人だったけど」

今朝祈っていたとき、そのときのことが思い出された。

まさに、イエスの導きによって舟に乗り、嵐に出会い、イエスがその嵐を鎮めてくださり、ようやく向こう岸にたどり着いたと思ったら、私を待っていたのは悪霊につかれたゲラサ人さながらの、がんという病だった。まさかそんなものが待っていたとは……。

でも……。イエス様と一緒だから。

五月六日（水）

原発巣が見つかった。胃がんだった。ディフューズタイプ・ガストリック・カーシノーマ、びまん性胃がん、つまりスキルス胃がんだ。

すでにリンパ節と骨に転移があるため手術はできず、根治は無理と言われた。しかし最近はスキルス胃がんにも効果の期待できる薬が出てきているそうで、治療には幾つかのオプションがあるとのことだった。最初は、FOLFOXと呼ばれる化学療法効果を試す。フルオロウラシル、オキサリプラチン、ロイコボリンの併用。これを二週間後から始める。

今回のことがあるまで、私はスキルス胃がんというものについて聞いたことがなかった。日本では、スキルス胃がんで亡くなった著名人が何人かおられ、わりと知られているらしいが、私は知らなかった。高校時代の同級生で内科医のNさんに、娘が転移がんで原発を探していると話したとき、日本では若い女性のスキルス胃がんが多いので胃を調べてもらうようにとアドバイスをもらっていたのだけれど、大当たりだった。

スキルス胃がんというのは、胃の内壁が硬くなるようなかたちでがんが広がるため、胃カメラで見てもすぐにそれとはわからず、早期発見が困難らしい。しかも進行は普通の胃がんより八倍くらい早いという。実際ミホの場合も、胃カメラで見ただけではわからず、ドクターが念のために深い部分から採取した細胞から発見された。ステージ4でも、がんと共存して長生きする人の話も聞いたことがある。とにかく原発巣が発見され、治療を始められることに感謝している。化学療法は外来で行う。入院よりそのほうがミホにとってもよいと思うので、それもまた感謝。

五月十三日（水）

午後から病院で遺伝カウンセリング。スキルス胃がんはCDH1遺伝子変異との関係が発見されているそうで、もしミホのDNAにCDH1変異があれば、このがんが遺伝による可能性が出る。そうなれば、残りの家族にもＣＤＨ１変異がないかどうかを調べることになる。もしも家族の中にもＣＤＨ１変異のある人がいたら、今後は定期的に検査をするなど、症状が出る前から何らかの措置を取れるということらしい。

来週の月曜日から始まる化学療法に備え、静脈につながるＣＶポート（リザーバー）を胸元に埋め込む手術を金曜日に受ける。また、その日の午後には、脊髄や腹部その他のＣＴスキャンを再び行う。この日は朝早くから一日病院になるので、ミホが疲れすぎませんように。

化学療法を受けると早期閉経になってしまうそうで、若い患者の場合は、治療を始める前に卵子を取って凍結保存するというオプションもあるらしい。しかし、排卵を誘発させるのに数週間かかるため、ミホのように即刻治療を始める必要のある人はできないらしい。ミホには自分の卵子を残したいという願いがあったけれど、それがかなわず悲しそうだった。でもいろいろ調べてみたら、ミホくらい若いと完全に閉経はせず、あとからまた戻ってくる場合もあるそうだ。とにかく今はがんの治療が第一。本人もそれは納得している。

がんの治療だけでも初めてのことだらけなのに、遺伝カウンセリングだとか卵子凍結保存だとか、あたふたしてしまう。でも、夫もよく調べてくれているし、大勢の方たちがさまざまな支援をくださっているのでとても心強い。今の私やミホは、数か月前よりも、もっと感謝に満ちた日々を送っている。

最初にがんの可能性が出てきたとき、これからいったいどんな暗闇に突入するのかと思ったけれど、全然暗くなかった。現実は確かに厳しい。スキルス胃がんのステージ4というのは、客観的に考えればとても楽観視できない。それでも、毎日、不思議なほどに感謝と平安がある。ひとえに皆さんのお祈りと愛のこもったサポートのおかげだと思う。

私のデスクトップのコンピュータのスクリーンには、「My name is NOT」というネームタグが貼ってある。どういう意味かというと、「私は神ではない」ということ。私は神ではなく、神が神なのだ。私にはわからないこと、どうにもならないことがたくさんある。でも、それらを把握し解決するのは私の責任ではない。私の責任は、従順と信頼をもって神様の前に自分を差し出すこと。

「しかし　私にとって
神のみそばにいることが　幸せです。

私は　神である主を私の避け所とし
あなたのすべてのみわざを語り告げます」（詩篇七三・二八）

五月十五日（金）

ミホは朝から病院で、予定どおりポートの埋め込みをした。ポートとは、鎖骨の下あたりの皮膚下に埋め込む、カテーテルのついたバルブのようなもの。カテーテルは首の静脈につながれる。これがあると、化学療法の薬や点滴やＣＴスキャンの造影剤も、腕などの静脈に何度も針を刺すことなく、ポートから注入できるようになる。

いよいよ月曜日から化学療法が始まるのだと思うと、ちょっと緊張する。抗がん剤とは要するに毒だから、がん細胞も殺すけれど、正常な細胞も傷つけてしまうと聞く。だから抗がん治療は苦しいのだと。今のミホは、放射線治療と鎮痛剤のおかげで痛みはほとんど抑えられている。一日の半分以上は寝ているものの、起きている間はわりと普通にしている。ウィルソンと走り回ることさえある。でも、化学療法が始まったらそうはいかなくなるのだろうか。

同じく進行がんで闘病中のTちゃんからいただいたみことばを何度も繰り返す。

「信じる人々には次のようなしるしが伴います。……たとえ毒を飲んでも決して害を受けず……」（マルコ一六・一七～一八）

抗がん剤が、がん細胞だけを殺して、正常な細胞を傷つけることがありませんように。ミホの体が、抗がん治療に耐え抜くことができますように。

五月十八日（月）

いよいよミホの化学療法が始まった。二週間に一回、それを四回繰り返し、その時点で効果が認められればさらに二回続行、もし効果が見られなければ、次の薬を試すことになる。

まず、オキサリプラチンの点滴が二時間、それからフルオロウラシルの静脈持続注入を四十六時間。二時間の点滴と持続注入の最初は病院でやってもらい、帰宅してから二日後に、ナースがうちに来て注入のパックを外してくれるらしい。ナースが来てくれるのはありがたい。連日の通院はやはり疲れるので。

　私も身体的にはかなり疲労がたまってきた。それでも、精神面は信じられないくらい守られている。本人も含めて、みんな落ち着いている。卒業前のケンやマヤのことがほったらかし気味になっているのが気になるけれど……。二人ともごめんね。あなたたちの理解と協力、本当に感謝しているよ。

　受け入れることと、諦めることとは違う。ミホも私も夫も、ミホがステージ4のスキルス胃がんになったという現実を受け入れている。でも、たとえドクターに根治は無理と言われていても、治癒の可能性を諦めてはいない。ミホは、よく祈っている。あれこれことばを並べて祈るというよりも、黙想かもしれない。例えば病院の待合室にいるときも、静かに神様の前に出ている。私も、静かに神様の前に出る。

「主は私の羊飼い。私は乏しいことがありません。
主は私を緑の牧場に伏させ　いこいのみぎわに伴われます。

主は私のたましいを生き返らせ　御名のゆえに　私を義の道に導かれます。
たとえ　死の陰の谷を歩むとしても　私はわざわいを恐れません。あなたが　ともにおられますから。あなたのむちとあなたの杖　それが私の慰めです。
私の敵をよそに　あなたは私の前に食卓を整え　頭に香油を注いでくださいます。私の杯は　あふれています。
まことに　私のいのちの日の限り　いつくしみと恵みが　私を追って来るでしょう。私はいつまでも　主の家に住まいます」（詩篇二三篇）

待合室で祈るミホ

五月二十日（水）

ミホは高校時代の友人たちとブランチに行った。そのうちの一人ナンシーは、大学が夏休みになったので帰省中。でも、二週間後にはまた大学に戻り、夏の間はインターンをするらしい。ブランチから戻ると、ミホはふっとため息をつき、「ナンシーと久しぶりに会えて嬉しかったけど……、もう私とは全然違う」と悲しそうにポツリと言った。

そのあと病院に行き、帰ってきたら「疲れた。吐き気がする」と言って寝てしまった。外出が二つ続いて疲れたのと、やっぱり多少副作用があるのと、メンタル的にも悲しくなってしまったのかもしれない。

五月二十八日（木）

昨晩、夕飯の支度をしていたら、ある日本人の知り合いから電話がかかってきた。旅行中で乗り継ぎのためオヘア空港にいるのだけれど、予定していたフライトがキャンセルになり、今夜のフライトにはもう振り替えられないそうなので、泊めてもらえませんか、と。もちろんかまいませんよ、オヘアまでお迎えに行きましょう、と答えた。次のフライトを手配するためにまだカスタマーサービスのカウンターに並んでいるとのことだったので、しばらくしてからまた連絡することになった。

しかし、電話を切ってからよく考えてみたら、私は翌朝、グリーンカードの更新のため、早朝に家を出発してミシガン州まで出かけることになっていたのを思い出した。夫も朝から仕事なので、今夜オヘアまで迎えに行っても、朝は空港までお送りすることはできない。さて困った。

その後何度かこちらから電話をしたものの、なかなか通じず、夜の八時頃になってようやく連絡が取れた。おいでいただくのはかまわないものの、朝は空港までお送りできない旨伝えた。取れたフライトは早朝の便とのことだったので、空港の近くに宿を取るほうが楽ではないですかと確認したが、彼女は、せっかくの機会だしぜひ会ってお話ししたい、積もる話がある、レンタカーして行きます、とおっしゃる。そこで、ではお待ちしています、ということになり、彼女がうちに到着したのは夜の十時半頃だった。

彼女が到着してから簡単な食事を出し、お話を聞かせていただいた。詳細は書かないが、彼女は、数年にわたる試練からようやく抜け出して、人生の次のステージに進めるかと思った矢先に、開かれたばかりの扉が突然一方的に閉ざされ、深く傷ついておられた。神様に対する信頼も失い、もう半年以上神様と無関係に過ごしていたとのことだった。

彼女の話を聞いたあと、こちらもちょっと近況報告をした。ミホのことを話すと、彼女は絶句し、「かわいそうに……」と涙を流してくださった。そして、「それでも神様を疑わないのですか？」とおっしゃった。私は首を横に振って答えた。「疑いません。神様は、最終的にはすべてをよいようにしてくださると信じています。それがいつ、どのようにかは、私にはわからないとしても」

彼女と私では、具体的な状況はまったく違うものの、ある共通点があった。長年の試練のあと、ようやく希望が見えてきたと思った途端に、それが無残に摘み取られてしまうという……。彼女は、今まで自分の状況を誰に言っても絶対わかってもらえないと思っていたのに、まさかこんなふうに私とその痛みを共有できるとは思わなかったと、ひどく驚いておられた。たまたまオヘア空港でのフライトがキャンセルになったから、突然うちに来ることになり、予想もしなかったミホのがんの話を聞いて、そのタイミングに彼女は驚愕していた。そして涙を流しつつ、「神様ってすごい……。神様ってすごい……。もう半年以上も、神様なんて信じられない、考えたくもないと思っていたのに、神様ってすごいとしか、ことばが出てこない」とおっしゃった。

私には、彼女がなぜ「神様ってすごい」と言っているのかがよくわかった。具体的な状況はまったく異なる私たちのストーリーであるにもかかわらず、神様がそれを紡ぎ合わせてくださっているのがひしひしと感じられたのだ。不思議と神様のケアを強く感じたのだ。本当に神様ってすごい……。彼女だけでなく、私も同じ思いだった。

私が、「今は、ご自分のためには祈る気になれないかもしれませんが、もしよかったら、娘のために祈っていてもらえませんか？」と頼むと、彼女はうなずきつつ、「はい、それなら祈れると思います」と言ってくださった。

彼女は犬好きだそうで、ウィルソンのことをなでながら、いつの間にかとても穏やかな笑顔を見せていた。うちに到着したときは、とても険しい顔をしていたのに。

お互い翌朝は早かったので、一時間くらいしか話をしなかったのだけれど、神様はこの一時間のために、彼女をうちに送ってくださったのか……。

五月三十日（土）

明日はマヤの高校の卒業式。秋からはボストンの大学に進学予定。ケンの中学の卒業式は月曜日。彼はこの夏、高校のサマースクールで生物を履修する。エミはマヤとケンの卒業式に出るために、今日シカゴに戻ってきた。六月半ばからはエミの勤務する学校のサマースクールが始まるために、一週間でまたニュージャージーに戻る。三者三様に次のステージに進んでいる。

しかし今のミホは、自分の兄弟姉妹のようにさまざまな活動に参加できない状況になってしまった。それでも彼らがそれぞれに次のステージへと進んでいくのを見て、一緒に喜んでいる。一緒に喜び祝う。賛辞や応援のことばを惜しまない。そんなミホが本当に愛おしい。

彼女が自分の現状をどう捉えているのか、正直なところ私にはよくわからない。彼女は自分の病状について、不安だとか、怖いといったことは、一切言わない。秋から大学に戻ることや、アルバイト先を見つけることなどについて話す。秋に彼女の体調がどんな具合になっているかわからないけれど、今の様子を見ていると、大丈夫なんじゃないかと思える。でも、時折ぼんやりしていることがあって、やっぱり不安なのだろうかと、そんなときは私も切なくなる。彼女はがん患者のメンタルケアのためのカウンセリングも受けているので、闘病中に感じるさまざまな感情や恐れを取り扱ってもらっているとは思うが……。

六月九日（火）

緩和医療の先生との面談。待合室で待っているとき、突然ミホが悲しみと怒りに襲われて、ちょっとしたパニック状態に陥った。毎日寝てばかりで、何も意味のあることができず、自分のことを腐ったジャガイモのように感じる、こんな人生で悲しい、治療なんて受けたってしょうがない、もう家に帰る、と……。泣きながら立ち上がって歩き出したミホを私が止めると、彼女は私を突き飛ばした。受付の人が機転をきかせてくださり、腫瘍科クリニック付きのソーシャルワーカーを呼んでミホの順番を早めてくださったので助かった。ミホが診察室に入ったあと、私は待合室で泣いてしまった。腫瘍内科の待合室なので、他の患者さんたちも事情はすぐに飲み込めたのだろう、そこにいた一人の老婦人が私のところに来て、ハグしてくださった。また、途中で緩和医療の先生も待合室に出てきて、ハグしてくださった。「これもがんとの闘いの一部。でも、必ず乗り切れるから大丈夫よ」と。

そのあと、ミホが診察室から出てくると、先に私をハグしてくれた老婦人が、「ずっとあなたのために祈っていたわ。これからも祈るわね」と、今度はミホのことをハグしてくださった。ミホは先生と話して落ち着いたのか、穏やかな表情をしていた。神様はこうやって、至るところに神様の愛とケアを思い起こさせるものを置いてくださる。この日はミホも私も大泣きしたけれど、神様の守りの中で安心して大泣きできることも感謝。

「悲しむ者は幸いです。その人たちは慰められるからです」（マタイ五・四）

「あなたがたは悲しみます。しかし、あなたがたの悲しみは喜びに変わります」（ヨハネ一六・二〇）

六月十一日（木）

結婚記念日。日々、多くの人たちに祈られ、支えられ、助けられ、愛されていることを感じる。仲間がいる。同志がいる。家族がいる。かけがえのない人たちに囲まれている感謝と幸せ。しかしその一方で、私の中には不思議な孤独感もある。大勢の愛する人たちに囲まれつつも、それらの人たちから切り離されている、あるいは遮られている部分があって、そこには自分しか入っていけないような、私にしか見えないような、あるいは、自分自身でも簡単には近づくことができないような、不思議な感覚があるのだ。

でも、孤独感とはちょっと違うかもしれない。決して寂しいとかむなしいとかいった、否定的な感覚ではないから。むしろ「切望」だろうか。パスカルは、人の心には神の形をした空洞があると言った。その「神の形をした空洞」とは、もしかしたら人の心の中にある至聖所（神殿のいちばん奥にある最も神聖な場所）なのかもしれない。至聖所には一人しか入れない。一人で入っていかなくてはならない。

六月十五日（月）

ミホの誕生日。二十一歳になった。二十一年前の今日、ミホがシカゴで生まれた。あの日から二十一年間。

今日は、本当は三回目の化学療法を受けるはずだったけれど、ミホは朝から泣いて、誕生日だから行きたくないと言った。彼女はこの一週間くらい、鬱が出ていて調子が悪い。困って担当のナースに電話したら、「誕生日ならいいですよ。予約を入れ直しましょう。今日は楽しいことをさせてあげてください」と言ってくれたので、治療は来週に延期した。

スキルス胃がんは、普通の胃がんよりも進行が八倍くらい早いと聞いている。だから治療を先延ばしにしたらよくないのでは、と焦る思いもある。生活の中で得られるさまざまな喜びや励ましで、治療のつらさをうまく緩和していけたらと願う。そのためには、治療を優先させるか、彼女のＱＯＬ（Quality Of Life 生活の質）を優先させるか、注意深く選ばなくてはならないときもあるのだろう。こういうことは、きっとこれからも何度もあるのだろう。

一日中病院にいるはずだったのが、急に時間ができたので誕生日ケーキを焼いた。といってもシンプルなロールケーキだけど。花も買ってきた。

マイケルが朝から来てくれている。

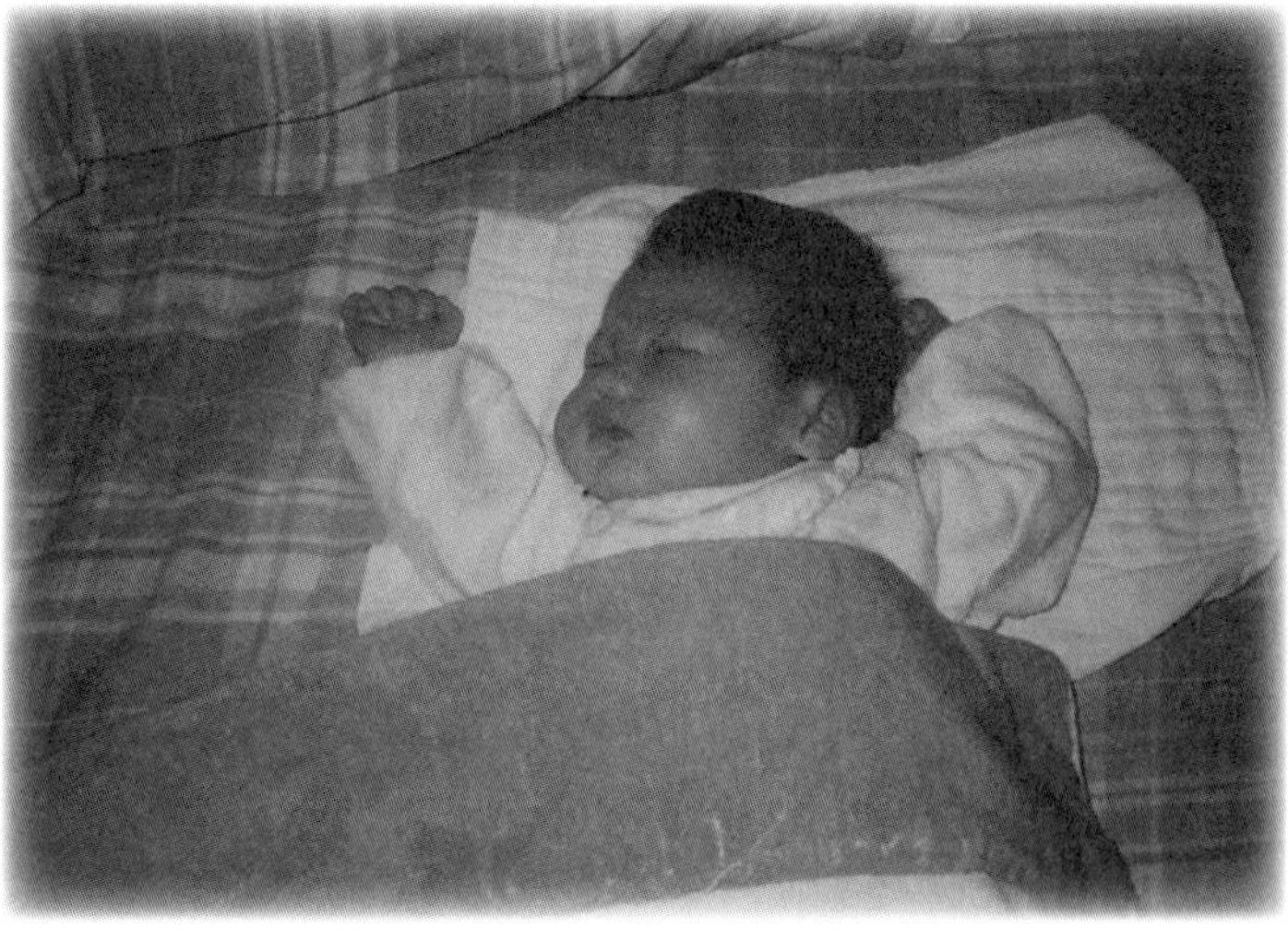

生後４週間のミホ。かわいい。とってもかわいい。

今日一日、ミホが幸せな誕生日を過ごせますように。

六月十六日（火）

魂とは、いくつもの勇気ある問いをし、その答えを要求するのでなく、その問いを生きるという緊張感（テンション）をあえて引き受けていくことで、広げられるものだ。よい問いは、いつでも私たちを人生のミステリー（奥義、神秘）に直面させる。この微妙な場所が持つ緊張感を受け止めるとき、私たちはさらに深く、より深遠な問いへと導かれる。それは、表面的な確かさを受け入れることでそのプロセスを終わらせてしまうなら、決して出会うことのない問いである。よい問いを生きるとは、いのちの周辺部から中心へと向かう道なのだ。（デイビッド・ベンナー）

私はあまり律儀にジャーナルをつけるほうではなく、いつも走り書きのメモ程度のものである上に、三冊くらい書きかけのジャーナルがあるので、どこに何を書いたか、すぐにわからなくなってしまう。

今朝の祈りのあと、夕べの黙想の中で示されたことを書き留めておこうと思い、三冊のうちの一冊を開いたら、今年の二月十八日、レント（復活祭前の約四十日間）に入る直前に書いたものが目に留まった。そこにはこうあった。

「イエスは十字架上ですべての悪をご自身の上に引き受けられた。もはやこの世の悪は、私たちを滅ぼすことはできない。

主よ、苦しみから解放されることではなく、与えられたいのちを引き受けることが私のフォーカスになりますように。あなたはすでに私を解放してくださったのですから」

そしてレント明けの復活祭直後に、ミホのがんの宣告。

私は、ミホの病気が神様のみこころにかなっているとか、神様があらかじめ決めておられたとおりにミホにがんを与えたとは思っていない。神様がミホを私の胎の中で組み立てられたとき、「二十歳でスキルス胃がんになる」と神の書物に書き記された（詩篇一三九・一六）とは思わない（もしそうであるなら、私たちが健康に気をつけることに何の意味があるのか？）。それでも、この世で起こることはすべて、神様の不意を突いて起こったわけではなく、御手の中にあることは確信している。神様がご計画なさったのではないのに、神様の善い御意志に反して起こっていることかもしれないのに、それでも神様の御手の中にあるというのは矛盾しているかもしれない。でも、たとえうまく説明できなくても、私にはそうとしか言いようがない。

ミホが病気になったのはなぜなのか。彼女が苦しまなくてはならない意味は何なのか。ベンナーの言うように、それは答えを要求すべき問いではないのかもしれない。しかし、問うことをやめるのでなく、それを問いつつ、その緊張感や葛藤の中を日々生きることで、何度も神と出会い、神に触れられる。意味があるとしたら、そこなのかもしれない。

「よい問いを生きるとは、いのちの周辺部から中心へと向かう道なのである」

六月二十一日（日）

アメリカに暮らし始めて、クロックポット（スロークッカー）と呼ばれる調理器具を初めて知った。低温で長時間かけて煮込むための電気による調理器具で、朝、材料と調味料を入れて仕込んでおくと、放っておくだけで夕方にはできあがっているという優れもの。肉がものすごく柔らかく仕上がる。

先日、ミホの病気が発覚して以来、初めての霊的同伴のセッションに行ってきた。そのとき、聖書を読んだり祈ったり静まったりするにあたり、自分の問いへの答えを得ようとか、何か一つここから学べることはないかとか、無理に考えたり探したりしなくてもいいと言われた。

通常だと、聖書の学びでも、メッセージでも、ディボーションでも、何か一つでいいから「今日はこれを学んだ、これを得た」と言えることをつかもうとするものだと思う。今まではだいたいそんなふうに指導されてきた気がする。今日のレッスンの「takeaway（お持ち帰り）」は何か、と。

でも私の同伴者は、毎回そうやって何かを学ぼうとしていると、時期尚早にそのへんの場所に着地してしまって、考えが深まらなかったり、安易な答えや、どこかですでに聞いたことのあるような答えで満足したりしてしまうことがある、と言った。あえて何かを学ぼう、答えを得ようとするのでなく、ただ気づいたことに目を留めて、しばらくそれらを持っているだけでいい、と。ちょうどクロックポットの中に材料を入れて、ふたをしてグツグツ煮込むように。そして時々ふたを開けて、中の様子を見て、だんだんと煮えてくるのを確認しつつ、さらに煮込み続ける。そうやって、時が来たときに、できあがったものを味わうようにすればいい、と。

私はすぐに分析して、「これはこういうことなのかな」と、何らかの結論に到達したがる傾向がある。しかし、いかにももっともらしい答えにすぐに飛びついてしまうと、神様が本当に語ろうとしていることに到達できなくなるというのは、確かにそうかもしれない。すぐに分析して答えを得たがるのは、自分が主導権を握っていたいという願望の現れなのだろう。

六月二十二日（月）

三度目の化学療法の日。感謝なことに、腫瘍マーカー（CA 19-9）の値が劇的に下がっていることが判明。五週間前の、抗がん治療を始める前の値が3887u/ml、一回目の治療後の三週間前が約1250u/ml、そして今日、三回目の治療を始める前の段階で、なんと272u/ml！　全部で六回の予定の治療のうち、わずか二回が終わっただけで、すでに十四分の一にまで下がっている！　平常値は三七で、百以上あるとがんの可能性が疑われるそうなので、二七二でもまだ多いけれど、それでもすごい下がり方。手術は不可能で根治は無理、抗がん剤に対する反応次第で余命は数か月から数年でしょうと言われていたのに、もしかしたら、数年と言わず、寛解に持っていくことも可能かも？　ああ、神様！

ここまで劇的に抗がん剤が効くとは！　しかも、副作用もそれほどひどくない。薬の注入をしたあとは、一週間くらい吐き気やだるさが出るけれど、その翌週はほとんど大丈夫。髪の毛も抜けていない。どれほど大勢の方たちに祈られていることかと思う。本当に感謝。ことばに言い尽くせないほど感謝。

六月二十六日（金）

今日からすぐ下の妹の三貴《みき》が、一週間の予定で日本から手伝いに来てくれている。「私は家事をするつもりで来たから、さっちゃんは仕事していて」と言ってくれる。なんとありがたいことか。

七月一日（水）

C・S・ルイスの「A Grief Observed」（邦題『悲しみを見つめて』）に、次のような箇所がある。（手元に邦訳がないので、以下は自分で訳したもの）

主よ、これがあなたの差し出しておられる条件なのですか？　H（ルイスの妻）ともう一度会えるかどうかはどうでもいいと思うほどにあなたを深く愛することを学べば、そうすればもう一度Hに会えますよ、と？　それが私たちにはどう映るか、考えてみてください。「今はアメをあげないよ。大人になって、アメなど欲しくなくなったら、そのときにはどれでも好きなアメをあげよう」と私が子どもに言ったら、人はどう思うでしょうか？

私がHから永遠に引き離され、Hに永遠に忘れ去られてしまうことで、Hにもっと大きな喜びと栄光が増し加えられるのであれば、もちろん私は「何なりとどうぞ」と言うだろう。もし彼女がまだ生きていた頃、私が二度と彼女に会わないなら彼女のがんが癒やされると言われれば、私は二度と彼女に会わないようにしただろう。当然だ。誰だってそうするだろう。しかし、そういうことではないのだ。今の私の状況は、そういうものではないのだ。

これらの問いをいくら神の御前に並べても、答えは得られない。しかしそれは、特別な種類の「答えはなし」だ。鍵のかかった扉とは違う。まるで静かにじっと見つめられているような、しかし決して無慈悲な視線ではなく。まるで神が首を横に振っているような、しかし私の問いを拒否しているのでなく、むしろそっと受け流すように。

「平安あれ、わが子よ。あなたにはわからないのだ」と言っているかのように。

神に答えられない問いを、人間が問うことはできるだろうか。簡単にできると思う。ナンセンスな問いはどれも答えようがない。一マイルは何時間か？　黄色とは四角か、丸か？　おそらく私たちが問うことの半分、偉大な神学的、形而上学的問題の半分は、その類いの問いなのだろう。

私がこの本を初めて読んだのは十年前だった。今、改めてこの箇所を読むと、十年前には感じなかったことをひしひしと感じる。今の私には、神様の「決して無慈悲ではない、私を静かにじっと見つめる視線」はとてもなじみのあるものだから。神様が私やミホのこともそんなまなざしでごらんになっているのを、日々感じているから。

ああ、ルイスはなんて上手に表現するのだろう。問いへの答えは来ないけれど、鍵のかかった扉でもない……。

私には理解できないという現実を受け入れつつ、なお平安のうちに留まれることの幸い。「黄色とは、四角ですか、丸ですか？」というナンセンスな質問しかできない私を、神様は優しく包んでくださる。ああ、なんという神様のまなざし！　あわれみと慈しみに満ちたまなざし！　そのまなざしは、おびえて震える私の魂を抱きとめてくださる。

「平安あれ、わが子よ。あなたにはわからないのだ」

七月二十日（月）

五回目の化学療法。腫瘍マーカーの値は一二五。下がり方は緩やかになってきたけれど、それでも着実に下がっている。

今日は腫瘍内科の主治医の先生にも会った。数値が格段によくなっているので、何かよいことを言ってもらえるのではないかと楽しみにしていた。ところが先生は、「数値は劇的に下がっていますね。多分、化学療法が効いているのでしょう」と、やけに冷静。私は内心、（多分、じゃなくて、どう考えても治療が効いているに決まっているじゃないですか！）と思った。そして、「これだけ下がっているということは、手術の可能性は出てきますか？」と尋ねたが、「いえ、それは無理です。もうすでにリンパ節に転移しているので、たとえ目には見えなくても、少しでも残っていればまた増殖します。胃を全摘出しても、根治はできませんから」との答え。

ミホは胃の全摘出はしたくなかったので、手術はできないと聞いて安心した様子だったが、私としては、せっかく抗がん剤でがんを小さくしても手術はできないということが残念だった。ドクターはさらに言った。「確かに数値は下がっていますが、全体像を考えるなら、これはほんの小さな勝利にしかすぎません。現実は厳しいものです。ここまで進行したがんが根治するのは非常にまれなので、もし根治したら、私は論文が書けますよ」

本人を前に、なんとストレートな言い方をすることか。

ミホも、診察室を出て廊下を歩きながら泣き出した。この数か月、彼女は生きるつもりで頑張ってきたのだ。それなのに、現時点で考えうる限りの最善の結果さえも「ほんの小さな勝利」で片付けられてしまい、がっかりするのも無理はない。今後、闘病へのミホの気力がくじけてしまうことがありませんように……。

二週間後に六回目の治療が終わったら、またその数週間後から、同じ薬でさらに六回の化学療法を続けることになるだろうとのこと。今回の薬は効いているので、これを使ってできるだけがんを小さくしましょう、と。それでも、抗がん剤を止めれば、また体のどこかでがんが戻ってくるのは時間の問題なので、次の六回が終わったら、今度は別の治療を考えます、と。オプションはいろいろあり、免疫療法の臨床試験にも参加できるかもしれないとのこと。ドクターは、根治は無理と言いつつも、治療を続けることには意欲的。しかし肝心のミホは、「もう化学治療は受けたくない」と泣いていた。

医学は日進月歩だ。現時点ですぐに根治が視野に入らなくても、少しでも長く生きていれば、そのうち新しい画期的な治療法が出てきて、さらに次の希望につながる可能性もあるはず。もちろん神様が奇跡を起こしてくださることだってあると思っている。

しかしそれより何より、ミホの命はただ神の御手の中にある。それが長かろうが短かろうが、ミホがミホらしく、地上の命を最後まで喜びをもって生き抜くことができますように、というのが私の祈りでもある。もちろん長いに越したことはない。健康を回復し、少しでも長く、できれば私より長く生きてほしい。それでも、生き延びることそのものを目的とするのでなく、一日一日を喜びと満足を持って、しっかりと生きられますようにと祈る。もちろん、喜びも満足も感じられないような日だってあるだろう。それはそれでかまわない。たとえ動けなくても、昏睡状態だとしても、そこにある神様の御臨在がミホの命を通して現されることを願う。

そして実はそれは、がん宣告を受けたミホだけでなく、私たち皆、同じなのだ。ミホががん宣告を受けて間もなくの頃、卒業間近の高校生の女の子が、プロム（卒業ダンスパーティー）の帰り道、ひどい土砂降りになり、運転していた車が鉄砲水で流されて亡くなるということを聞いた。この子は健康で、高校を卒業したら大学に行って、明るい将来があるはずだったのに、それがこんなふうに突然終わってしまったのだ。病気の宣告を受けている人と、そうでない健康な人のどちらがより長く生きるかなんて、実のところわからない。病気の宣告を受けていない人たちだって、いつかは必ずこの地上での命が終わる。大切なのはどれだけ長く生きられるかではなく、生かされている日々をどのように生きるかではないだろうか。

そして、この地上での命は終わっても、私たちには復活の希望がある。復活の希望があるから、どちらに転んでも、限りあるこの地上での命を大切に生きる意味があるのだ。

「どうか教えてください。自分の日を数えることを。そうして私たちに　知恵の心を得させてください」（詩篇九〇・一二）

七月二十七日（月）

ミホのＣＴスキャンの予約が入っていたのに、病院に着いたら、いつの間にか予約の日が変わっていたことが判明。キャンセルになったため、病院のカフェで朝食をとった。そのとき、かねてから話したいと思っていたミホの予後について、話をすることができた。そというのも、二日前に自分でステージ4の胃がんの予後について調べたら、どれもこれも低い数字ばかりでがっかりしたと、彼女のほうから私に言ってきたので。これはちょうどよい機会だと思い、私も率直に話した。

私が話したのは、ドクターは当初、化学療法がどれくらい効くかによって、ミホの予後は数か月から数年だと言っていたこと。しかし抗がん剤が劇的に効いているので、きっともっと見通しはいいはずだということ。何百人もの人たちがミホのために祈ってくれているし、ミホの命はただ神様の御手の中にあること。今のこの苦しみは無駄に終わるものではなく、神様はここからも何らかの善いものを生み出してくださるに違いないこと。そして寛解に至って、主治医の先生にはぜひ論文を書いてもらおうと思っていること！

するとミホも、力強く、明るい表情で、しばらく前に神様が「I haven't forgotten my daughter Miho. I will heal you（わたしはわが娘、ミホのことを忘れてはいない。わたしがあなたを癒やす）」と語ってくださったと教えてくれた。その癒やしが、身体的なものかどうかはわからないけれどね、とも。

ミホとこういう話をしたいと祈っていたので、ちょうどいい機会が与えられて感謝だった。

八月十三日（木）

夏休みが終わる少し前、家族六人がそろうわずかの日程を見つけて、ミシガン湖沿いにあるセント・ジョセフというきれいな街に一泊二日で出かけてきた。到着した日は湖で水遊び、それからセント・ジョセフの街を散策。ところがそろそろ夕食に行こうというときになって、ミホが痛み止めのオキシコドンを持ってくるのを忘れたことに気づいた。これがないと痛みが襲ってきたときに困る。そこで夫が、往復四時間弱の道のりを、車を走らせて一人で自宅まで取りに戻ってくれた。本当に献身的な人で頭が下がる。おかげでその晩も翌日も、ミホは快適に過ごすことができた。

翌日は、湖からちょっと離れた自然センターをみんなで歩いた。シンプルだけど楽しい時間だった。そして、前の晩に行ったレストランがよかったので、もう一度そこでランチをとって、それから帰宅。

八月十八日（火）

六回の化学療法を二週間前に終え、先週全身のＣＴスキャンを取り、昨日主治医の先生にその結果を聞いてきた。先生は、CTの結果は予想以上によいと驚いていた。腫瘍マーカーの値も、治療開始前の三九〇〇から、五回目が終わった時点で九一にまで下がっていたので（正常は三七以下）、CTの結果も悪くはないだろうと思っていたけれど、マーカーの値から予想される以上によい結果だったらしい。

先日も書いたように、前回は、ドクターは「いくらマーカーの値がよくても、これはほんの小さな勝利に過ぎず、完治は無理。もし完治したら私は論文が書けますよ」と言っていたのに、なんと今回は、ここまで進行したがんでも、ごくまれに寛解に至るケースもある、と言い出した。ドクターの口から「寛解」ということばが出るなんて、驚くやら嬉しいやら。

今回の化学療法の薬はミホによく効いていたので、八月末からさらに六回、同じ薬での化学療法を続ける。もし途中で薬の効きが悪くなってきたら（あるいは最後まで終わったら）、次は免疫療法を試してみるそうだ。

八月二十一日（金）

「Invitation to a Journey（旅路への招き）」（ロバート・マルホランド著　邦訳未刊）という本を読んで考えたこと。

疑いや逆説《パラドックス》は、健全な信仰の中にあってしかるべきもの。それをなくそうとすると、無理につじつまを合わせようとして、結局偽りの平安や間違った答えに到達することになりかねない。ご自身を「不思議」と名乗られる神（士師一三・一八）は、ミステリー（奥義・神秘）の中におられる。

しかし私たちにはどうせわからないことだからと、疑いや疑問を持つことをやめたり、矛盾に目をつぶったりするのでもない。むしろその中で、絶えず神に問い続ける。私たちが納得するようなかたちで神様が答えてくださる保証はない。もしかしたら神様を見失ったかのように感じるかもしれない。しかし、そのプロセスを通して、自分の手の中にとどめておきたかった「支配」を手放すことを学び、より成熟した霊性が養われていく。

イエスはニコデモに、「人は、新しく生まれなければ、神の国を見ることはできません」とおっしゃった（ヨハネ三・三）。ニコデモは神を知らない異邦人ではなく、パリサイ人だった。パリサイ人とは、律法を熟知し、それを忠実に実践していた人たち。彼は、神について、みことばについて、よく知っていたはず。そのニコデモに向かってイエスは、新しく生まれることの必要を語った。マルホランドは、人は時として、自分の中に確立させた神理解（神について信じていること）が邪魔になって、神に真に近づけなくなることがあると言う。あるいは、神の側がそのような人に近づけない（「しかし、イエスご自身は、彼らに自分をお任せにならなかった」〈ヨハネ二・二四〉）。私たちの神理解・神観は、時には揺るがされ、覆される必要がある。

イエスはニコデモに「風は思いのままに吹きます。その音を聞いても、それがどこから来てどこへ行くのか分かりません。御霊によって生まれた者もみな、それと同じです」と言われた（ヨハネ三・八）。ところがニコデモは、いわば「風」がどこから来てどこへ行くか、すべて自分で把握できるつもりでいた。つまりニコデモは、神と自分の関係を御霊にゆだねるのでなく、自分の支配の中に握りしめていた。ニコデモにとって神との関係は重要なものであったのだろうが、その関係は、ニコデモ主導だったのだ。

マルホランドは、ここでイエスがニコデモに語っているのは、「神との関係を自分で支配しようとせず、神にゆだねなさい。あなたの道ではなく、神の道に沿って、御霊の風に吹かれて歩みなさい」ということだろうと言っている。

とても身につまされる。

八月二十二日（土）

「さて、取税人たちや罪人たちがみな、話を聞こうとしてイエスの近くにやって来た。すると、パリサイ人たち、律法学者たちが、『この人は罪人たちを受け入れて、一緒に食事をしている』と文句を言った」（ルカ一五・一～二）

いくら聖書をよく読んでいて、その内容に通じていても、イエスのみもとには近寄らないなら、心は批判的なつぶやきでいっぱいになってしまうのかもしれない。状況に対して、また自分とは違う解釈をし、違うことを言う人たちに対して。

イエス様、今日もみもとに近寄らせてください。

八月二十五日（火）

ミホが今週から大学に復学した。ニューヨーク大学はすでに退学しており、イリノイ大学シカゴ校に編入した。本当は先学期から編入したのだけれど、途中で病気になってドロップアウトしてしまったので、今度こそ仕切り直し。

親として、もはや大学に行くかどうかは重要ではないと思っていたけれど、本人がどうしてもと言ったので、応援することにした。手続きは彼女が全部自分でした。化学療法はまだ続くので、そういった書類も持っていって、治療を続けながらの復学であることも大学側に伝えたらしい。主治医の先生も、本人にやる気があるなら、もちろん戻っていいですよ、と言ってくださった。

治療は隔週で月曜日にあるので、その日はまず朝、病院に行って治療を受け（数時間にわたる抗がん剤の点滴）、そのあと直接大学へ行って授業を受けることになる。昨日が新学期一日めで、本人ははりきっている。妹のマヤは大学生、弟のケンも高校生になり、それぞれ頑張っているので、ミホも励まされている様子。

こんな当たり前だと思っていたことが、今は本当に嬉しく、本当にありがたい。一日一日が、貴重で、尊くて、ただただありがたい。神様、感謝します。

八月三十一日（月）

メールで受け取っているSeedbed Dailyというディボーショナルが、毎日とてもよいのだけれど、今日のものがまた秀逸だった。

積極的思考は、自分があらかじめ思い描いて期待する結果を得ることを求める。他方、信仰は、特定の結果を得ることは求めず、すべての希望をただ神のみと、神の約束の確かさのうちに根ざす。私たちはどうだろうか？　例えば、がんや、ひどい鬱や、崩壊しつつある結婚や、破産寸前の状態や、道を外した子どもに悩まされているとする。あなたの希望を投影した特定の結果（アウトカム）を求めることを手放そう。自分の状況の不完全さと、状況を自分の手で何とかすることのできない無力さを容認する、いや、進んで受け入れるのだ。自分の力に確信を持つことを放棄しよう。そのときにこそ、よみがえられた主、イエス・キリストの父であり神であるお方への信仰が生まれてくる。もがき苦しむことの暗闇が与えてくれる最善の贈り物は、解決策として私たちが期待するものという偽の神への執着を捨て、私たちの苦しみを、一足先に死からよみがえられた神の御手にゆだねるようになることだ。

私たちが思う「信仰」とは、実は、自分が期待する特定の結果への希望に、楽観的にしがみつくことにすぎないとしたらどうだろうか。本当の信仰とは、私たちの楽観主義と積極的思考が死んだときにこそ生まれてくるものだとしたら？　本当の信仰とは、イエスのみにしがみつき、イエスのみが与えることのできる解決の前に自らを明け渡すことなのだ。その解決にはいつでも、遅かれ早かれ、「復活」が含まれる。

あなた自身の問題であれ、あなたの愛する人が抱えている問題であれ、最も困難な状況に直面したときの信仰のあり方として、これはどうだろうか。何度も、何度も、こんなふうに祈るのだ。「復活を、イエスよ。どのようにかはわかりませんが、イエスよ、復活を祈ります」


この五年くらい、私は自分が期待するアウトカムを手放すということを教えられてきた。でもそれは、何も期待しなくなるとか、どうせ神様の思うようにしかならないし、と諦めてしまうことではなかった。むしろ、私にはまだ見えない、想像することもできないような、大いなる神様のみわざが現されることを、息をひそめながら待つようなことかもしれない。そこには、本当の期待、本当の希望があるように思う。

「復活を、イエスよ。どのようにかはわかりませんが、イエスよ、復活を祈ります」

十月一日（木）

現在、ミホの化学療法は、隔週で治療を受けることを六回繰り返し、一か月休み、また次の六回セットを始めたうちの、三回めが終わったところ。マーカーは一二〇。少しずつだが上がっている。マーカーの値に一喜一憂する必要はないと言われているので、あまり気にしていないけれど。ただ、今まであまりひどくなかった副作用が、今回はつらそうで、心もち食欲が落ちてきた気はする。それでも昨日は友人たちと、シカゴのハウス・オブ・ブルースであった、ONE OK ROCKとかいう日本のロックバンドのコンサートに行った。とても楽しかったみたい。

数年前だったか、与えられたと思って感謝していた祈りの答えが取り去られ、つらくて悲しくて神様に泣き叫んでいたときがあった。そのとき、神様が私に得てほしいのは、「祈りの答え」そのものよりも、神様ご自身なのだと語られ、はっとした。

葛藤すること、わからないことはいろいろある。でも、私は神ではなく、神が神であり、私がすべてを把握している必要はないということに、助けられている。

わからないことをわからないと認めて、平気でいられるというのは自由なことだ。そして、その自由の中で、祈りたくなる。祈りの答えを得るためにではなく、ただあの方と、一つになるために。

十月二十三日（金）

ミホの化学療法を十二月までお休みすることにした。副作用がひどくなってきて生活に支障が出始めたのだ。大学も、せっかく復学したものの当初願っていたようには授業に出られなくなってしまった。ドクターに相談すると、腫瘍マーカーの数値はずっと一二〇くらいで安定しているし、前回のCTスキャンではリンパ節に転移していたがんは大きさが一センチ以下になっていたので、しばらくお休みして様子をみましょう、と。ミホは大喜び。

ドクターは、人によっては半年治療を休める人もいるし、もしがんが休眠状態になったら（寛解ではないけれど、おとなしくなったら）、もっと長い間治療を休むことも可能だとおっしゃっていた。ミホは、がんが休眠状態になりますようにと一生懸命祈っている。私たちもそう祈っている。

皮肉なことに、治療さえ受けていなければ、体調は絶好調なのだ。もちろん、知らない間にがんがまた育つ可能性はあるが。

十二月にまた主治医と会って、CTスキャンをし、腫瘍マーカーを調べる。そのときの結果で、その後どうするかを決める。別の抗がん剤にするかもしれないし、治験で、免疫療法のような新しい治療法を試すことになるかもしれない。主が最善に導いてくださることを信じている。

十一月六日（金）

ミホの高校時代からの友人のお母さんで、現在末期がんで闘っている人がいる。彼女のほうがミホより病状が進んでいるようで、ミホは彼女のところに時々お見舞いに行く。

「ママ、この前私がもらったハワイのおいしいクッキーはどこ？」

「まだ手をつけずに、棚に入っているよ」

ミホはその箱をつかむと、友人のお母さんの所へ行った。ミホは昔から、おいしいものがあると、ためらわずにそれを人と分かち合う子だった。私だったらこっそり一人で食べたいと思うのに、ミホはおいしければおいしいほど、必ず人と分かち合う。「これ、おいしいよ。食べてみて」と半分くれる。今回も、自分がいただいた好物のクッキーを、箱ごと全部お友達のお母さんに差し上げた。実にあの子らしい。

十一月十三日（金）

ちょっぴり心が騒ぐことがあった。ミホが化学療法を休み始めてから一か月ほどになるが、夕べ、首のリンパ節にまた腫れが感じられるようになったとミホが言ったのだ。化学療法をお休みにした時点ではほとんど何も感じられなかったのに、今ははっきりとグリグリがあるのがわかる、と。ミホのがんが休眠状態になってくれることを願って祈っていたけれど、治療を一か月休んだだけで、もう動き始めたのかと思ったらショックだった。果たして十二月まで治療再開を待ってもいいのだろうか？　ミホにそう言うと、「私はまだ再開したくない。せめて、期末試験が終わるまでは待ちたい」と言う。確かに、今また治療を再開したら、学校に行けなくなってしまうかもしれない。もちろん、学校よりも体を治すことのほうが何倍も大切なのだけれど、また途中でドロップアウトしてしまいたくないという彼女の気持ちもわかる。

これは恐らく、すべての進行がん患者が直面する選択なのだろう。苦しい副作用にもかかわらず治療を続けるか、生活の質を優先させるか。考えたくないことだけれど、ドクターが当初言っていたように、本当に長くてもあと数年、もしかしたら数か月であるなら、ミホが今やりたいと思っていることを犠牲にしてまで、きつい治療をするのはどうなのか、とも思う。でも、その治療をすることで、少しでも長く生き、さらには寛解に至る可能性が出てくるのであれば、頑張ったほうがいいのではないか。究極的には本人の意思を尊重すべきだが、まだ二十一歳の娘にこんな重要な決断を丸投げするのでなく、情報収集をしながら、祈りつつ一緒に考えていくしかない。

十二月七日（月）

ミホの主治医と会って、先週の土曜日に受けたCTスキャンの結果を聞いてきた。肝臓に転移があった。三センチ大のものと、それよりもう少し小さいもの。

そして、今月中に新しい治療を始めることになった。MEDI4736とトレメリムマブという、新薬を使った免疫療法の臨床試験。免疫チェックポイント阻害剤と言うそうだ。調べたところ、今かなり注目を浴びている治療法らしい。もちろん、臨床試験なのでこれらの薬が胃がんに効くという保証はない。でもドクターは、かなり希望があると言う。ミホはもう化学療法は続けたくなかったので、違う治療を試せることをとても喜んでいる。しかし新薬の副作用が、化学療法の副作用より楽だとは限らない。臨床試験に参加する人たちはいくつかのグループに分けられ、それぞれ異なる条件のもとで投薬を受ける。ダブルブラインドといって、参加する患者はもちろん、担当医も自分の患者がどのグループに割り当てられたか、知らされないそうだ。人によっては深刻な副作用が出ることもあるらしい。副作用がつらくて途中でやめたくなったらいつでもやめていいと言われた。

ドクターに、「転移が見つからなければもう少し治療を休むことができたのに、僕も残念だ」と言われると、ミホは、「それでもこの二か月間、治療を休めたことを心から感謝しています。おかげで旅行に行くなど、いろいろなことができました」と答えた。

抗がん剤をやめていなければ転移はしなかったかもしれないと思うと、治療を休ませるべきではなかったのでは、という思いに襲われる。でも、ミホがそう言うのを聞いて、本人が後悔していないならこれでよかったのだと思うことにした。そう思うしかない。転移があったことにより、臨床試験に参加できる条件が満たされたのだ。化学療法を続けていればがんの広がりは抑えられるとしても、根本的な治療ではない。起きられなくなるような苦しい治療を続けながらでは、いくらがんが広がらないといっても、気持ちの上でもかなりつらいと思う。一方免疫療法は、もし効果が出るなら、かなり期待できるらしい。ミホはとにかく、化学療法はもう嫌だと時には泣きながら言うほどだったから、やっぱりこれでよかったのだと思いたい。

十二月十八日（金）

ミホの具合が、この一～二週間であれよあれよと言う間に悪くなってきている。先週末あたりから固形食が食べられなくなり、今はもっぱら、ポタージュスープとスムージー、アイスクリームやプディングといったものばかり。固形食はのどを通らず、柔らかいものも食べすぎると嘔吐してしまう。スキルス胃がんなので、胃壁が固くなり、あまり食べられなくなってくるとは聞いていたけれど、いざそれが起こっているらしいのを目の当たりにすると、やはり動揺する。

食事のたびに、ミホはため息をつきながら、「私にはがんがあるんだ……」とつぶやく。そんなことを考えてほしくないので、つい「そんなこと言わないで」と言いたくなるけれど、それはある意味、私の身勝手だ。ミホにとっては厳然たる現実なのだから、彼女がそれについて語ったり考えたりすることを止めるべきではない。だから、彼女ががんを話題にしたいなら、つらいけれど話を聞く。とにかく、今月末から開始予定の新しい治療が、効を奏してくれることを祈るばかり。

しかし、具合が悪くなってきているとはいえ、まだまだいろいろな活動はできる。今朝も、アイススケートのクラスを取りたいと言い出した。彼女の体がそれを受け入れられるなら、もちろんかまわない。ミホは幼い頃から十一歳くらいまでアイススケートをやっていたので、実はかなり上手なのだ。ちょっとしたスピンやジャンプもできる。でも、食事が思うように摂れず、体力が下がっているところでスケートをして、けがでもしたら大変だとも思う。いきなりクラスを取るのでなく、まずはフリースケートのときに滑りに行って、様子をみたらいいかもしれない。

明日はマヤがボストンから帰宅する。エミは日曜日に帰省。早く家族全員がそろってほしい。

十二月二十日（日）

十二月の初め頃から、ミホがひどく咳き込むようになっている。

ここ最近ほとんどまともな食事もできていない状態だったけれど、数日前にはマイケルと二人で、シカゴのクリスキンドル・マーケットというドイツ風クリスマス・マーケットに行き、その後ダウンタウンにあるミレニアム公園の屋外スケート場でスケートまで楽しんできた。帰宅したときは、さすがに疲れた様子をしていたけれど、それでも楽しかったと言っていた。

　しかし、やはりその後は調子が悪く、今はほとんど寝たり起きたり。そして咳き込んでは嘔吐する。今朝もまた呼吸が苦しいと言うので、ドクターに電話して事情を話し、ERに連れて行きたい旨を伝えた。すると、前回会ったときにすぐに対応しなくてすまなかった、ERで胸部レントゲンを撮ってもらってください、とのことだったので、夫がすぐに連れて行った。


　それほど待たされることなく、わりとすぐに診てもらえて、CTスキャンとレントゲンを撮った。そして、左肺が見えないくらい水がたまっていることがわかった。だいたい二・五〜三リットルくらいとのこと。そこで超音波で確認しながら、針で胸水を抜き取った。一・五リットル抜き取ることができたらしい。それだけでも、呼吸がずいぶん楽になったようだ。

　この水がどうしてたまったのか、現時点ではドクターははっきりしたことを言わない。胸膜播種《はしゅ》なのだろうか。しばらく入院して検査となる。

　夕べマヤが帰宅したときには、ミホは眠っていたため話はできず、今日は朝からERに行ったため、二人はまだ顔を合わせていない。明日はエミが帰ってくるけれど、そのときにもミホがいないのはちょっと悲しい。でも、どうぞ、二十四日までには退院して、家族全員でクリスマスイブ礼拝に行けますように！　神様、お願いします！

今回入った病室は、大学病院の新しい建物、Center for Care and Discovery の十階にあり、眺めがいい。ソファベッドもあって、まるでホテルのようだ。胸が楽になったミホは、久しぶりに食欲が出たのか、メニューを見ながらルームサービスをオーダーしている。

十二月二十一日（月）

夕方、ミホが退院。多くの方々がお祈りくださっていて、本当にありがたい。

昨日は一日、経過観察で、今日は肺からさらに水を抜いた。でも、まだ詳しいことはあまりわかっていない。グッドニュースは、腫瘍マーカーの値がまだ一〇〇〇未満だったこと。転移があったりしたので、どれほど上昇したのだろうと思っていたけれど、最初にがんの治療を始めた頃は四〇〇〇ほどあったことを思うと、一〇〇〇未満なら上等、という気がする。

昨日は私とマヤでお見舞いに、今日は夫とエミがお見舞いに行った。ミホはほとんどずっと寝ていたけれど、同じ部屋にいるだけでも意味がある。

願わくは、二十四日のクリスマスイブ礼拝には家族そろって出席したいと思うものの、ミホの調子が悪ければ、無理はさせない。

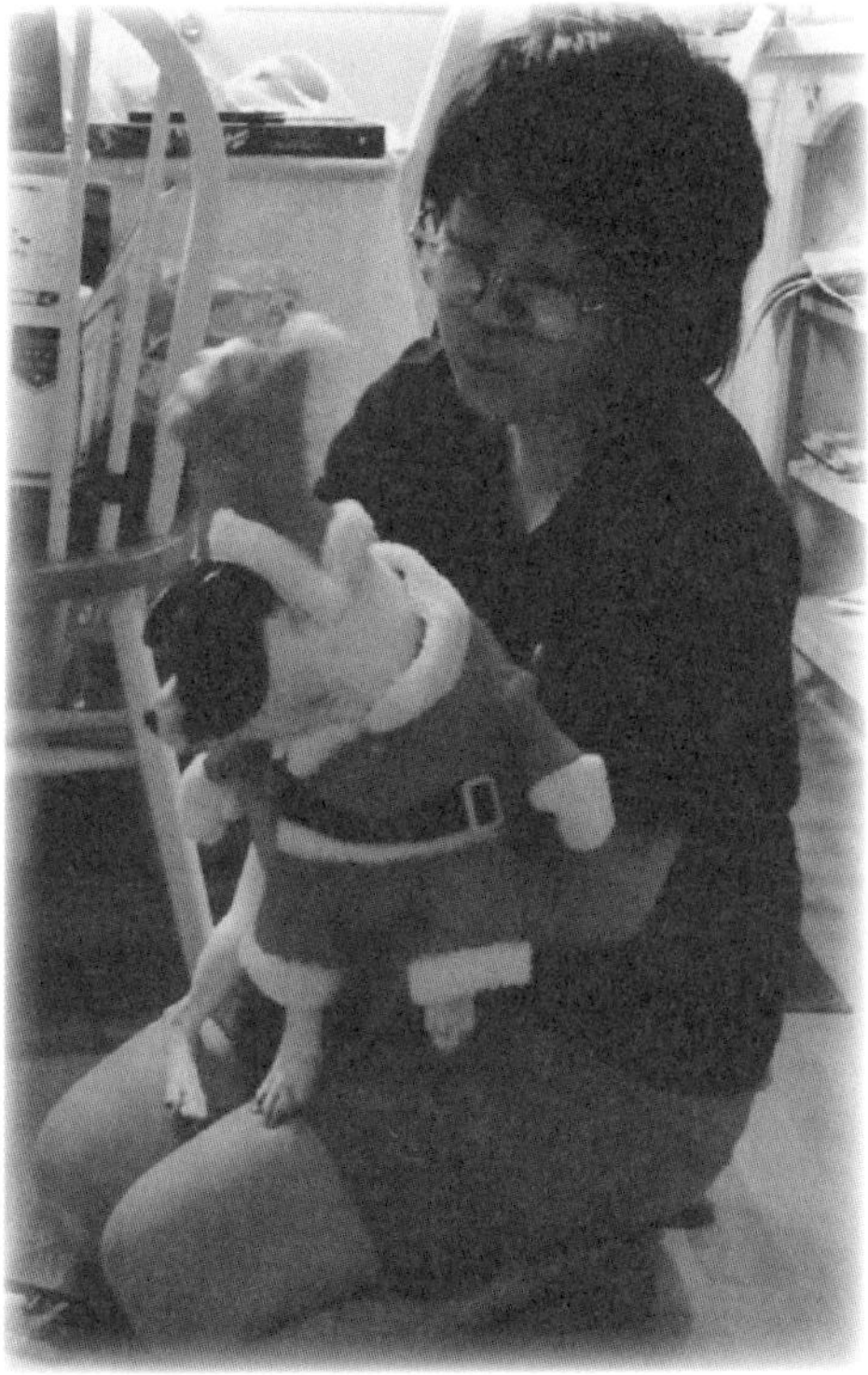

ウィルソンにサンタの衣装を着せるミホ

十二月二十二日（火）

肝生検。臨床試験に参加するための条件の一つが、肝生検を受けることらしい。超音波で実際に肝臓にあるがん組織を見ながら針を刺して、細胞を採取する。

私も付き添わせてもらい、邪魔にならないよう離れたところに座って見守っていた。まずは皮膚に近い部分に麻酔。それからもう少し長い針の注射で奥のほうにも麻酔。通常の注射よりも針が長いので、見るだけで緊張する。

それから、組織を採取するための針を刺す。針の長さは十センチくらいで、思ったより太くてギザギザしていた。それを、超音波のモニター画面を見ながら突き刺す。ガチャンガチャンとホチキスのような音がする。

針を何度か抜いたり刺したりしていたら、途中から突然ミホが泣き出した。ドクター二人とナースが一人いたのだけれど、みな驚いて、「どうしました？　痛みますか？」

ミホは無言でただ首を横に振り、小さな子どものようにしゃくりあげて泣いていた。私はいたたまれずにいすから立ち上がって手術台に近寄り、ドクターの邪魔にならない場所に立ち、ミホの肩に手を当てた。私にはそれしかできることがなかった。ドクターは、「わかりますよ、つらいですね」と優しくミホに声をかけてくださった。

我が子の体から血が出ているのを見るのはつらい。ミホのおなかに長く太い針が何度も刺され、血がにじみ出てくるのを見るのは、そして彼女がしゃくりあげて泣いているのを見るのは、どうにもいたたまれない。ただ主にあわれみを求めて祈った。

マリアに思いを馳せる。マリアはどうだったのだろう。マリアがイエス様を生んだとき、まさか自分の息子があんな苦しい目に遭うとは思ってもいなかっただろう。マリアはいったいどんな思いで、我が子が血を流すのを見ていたのだろう……。「おことばどおり、この身になりますように」という彼女の従順な応答が、まさか我が子が磔刑《たっけい》にされるのを見ることを含むとは、予想だにしていなかったはずだ。それでも、彼女は受け入れた。我が子に起こっていることが何を意味するのか、そのときの彼女にはよくわからなかったとしても。それでも彼女は受け入れたのだ。

十二月二十三日（水）

昨日はつらい日だったけれど、今夜はミホの高校時代の友達二人が来て、うちの台所でミホと抹茶マカロンを作っていた。友達が来ている間は、ミホも楽しそうだ。ミホの笑い声やおしゃべりの声を聞けるのは嬉しい。

明日はクリスマスイブ。午前十一時からのイブ礼拝に行く予定だけれど、ミホの体調が守られますように。

当初は、家族全員でイブ礼拝に出て、そして例年のようにみんなで食事に行けたら、と思っていた。しかし、もう「例年のように」なんて考えるのはやめよう。できることをしよう。エミもマヤも帰ってきて、六人がそろっているだけでものすごく感謝なのだから。


ハレルヤ、ハレルヤ、主よ、感謝します！

十二月二十五日（金）

二十四日は家族六人そろってイブ礼拝に行けることを願っていたが、ミホの体調がどうしてもすぐれず、ボーイフレンドのマイケルが付き添ってくれたので、彼女を家に置いて、残りの五人で行ってきた。メッセージのテーマは「恐れるな」だった。

そしてクリスマスの今日は、ミホが早朝に再び呼吸困難になったため、六時前に夫がERに連れて行った。また肺に水がたまっており、今日も一・五リットル抜いた。付き添っていた夫によると、血液まじりの液体だったそうだ。一週間もたたないうちに、もうこんなにたまってしまったなんて。こんな調子で何度もＥＲに駆け込むのは大変だし、何よりミホがつらいので、自宅でも水が抜けるように、月曜日に肺にカテーテルを差し込む処置をすることになった。

今朝、夫からそんな連絡を受けたあと一人で祈っているとき、イブ礼拝での「恐れるな」というメッセージに思いを巡らす中で、ルカによる福音書八章五十節のみことばが与えられた。

「恐れないで、ただ信じなさい。そうすれば、娘は救われます」

「恐れないで、ただ信じなさい」

これがルカ八章後半からのみことばだったことに、私は特に励まされた。半年以上前に、ここより少し前の箇所（弟子たちがイエスと舟に乗って湖を渡ろうとしていたときに、突風に見舞われ、それなのにイエスは寝ていたという箇所）から語られていたことを思い出したから。そのとき、自分の人生に嵐があるからといって、それは私が神のご計画やご意志に反したことをしたとか、反した場所にいるという意味だとは限らないと知った。むしろ、イエスの促しに従ったからこそ、そういう状況に見舞われることもあるのだと教えられた。そしてこの箇所では、無事に湖を渡りきったその先で、イエスたちは悪霊につかれたゲラサ人に出会う。

悪霊につかれたゲラサ人を癒やしたあと、イエスは会堂管理者のヤイロに、娘が死にかけているから来てくださいと頼まれる。そしてヤイロの娘のもとに行く途中で、十二年間長血をわずらっていた女性に着物のふさを触れられ、彼女を癒やしている間に、ヤイロの娘は死んでしまう。くだんの箇所は、そのあとだ。

「イエスがまだ話しておられるとき、会堂司の家から人が来て言った。『お嬢さんは亡くなりました。もう、先生を煩わすことはありません。』これを聞いて、イエスは答えられた。『恐れないで、ただ信じなさい。そうすれば、娘は救われます』」（ルカ八・四九～五〇）

今朝、これらのことに思いを巡らしつつ祈る中で、改めて、すべてのことは主と共に歩む旅路の途中で起こっているのだと思わされた。

イエス様と一緒なら、恐れる必要はない。

しかも、今朝はさらにびっくりすることがあった。ある友人が、今日のディボーションで与えられたと言ってこれをシェアしてくれたのだ。藤本満（今年のクリスマスの箇所）

先生によるクリスマスの黙想。

「主はその母親を見てかわいそうに思い、『泣かなくてもよい』と言われた」（ルカ七・一三　新改訳第三版）

この世界には、また私たちの人生には、多くの悲しい出来事や失望の出来事があります。毎日のように、世界中で涙が、どこかで流されています。失望のため息がもれます。

主は憐れんでくださる方です。それだけでなく、「泣かなくてよい」「がっかりしなくてよい」と、主は私たちを支えてくださいます。

いや、実はイエスだけがそのような励ましと慰めを与えることができる方です。なぜなら、この方だけが、死をいのちへと、暗闇を光へと変える力を持っておられるからです。

そのような主を信仰によって心のうちに宿し、その主に導かれ、励まされて生きている自分を少しでもイメージすることができたら、どんなに私は変わるでしょう。

これがクリスマスの黙想?!　あまりに「らしく」なく、でも、今の私にはあまりにぴったりすぎて、主を畏れ崇めた。主はなんと、なんと優しくあわれみと慰めに満ちたお方なのだろう。恐れるな、ただ信じなさいとおっしゃるだけでなく、「かわいそうに」思ってくださり、「泣かなくてよい」と言ってくださるなんて！

今日はほかにも、「朝四時半に神様から起こされ、ミホちゃんと中村家のために祈らされていました」という方からご連絡をいただいたり、別の方からも「今日は特別に中村家を覚えて祈っていました」というメールをいただいたり。

今日は、私が思い描いていたようなクリスマスからはまったくかけ離れていたものの、皆さんの愛と祈りの中で、イエス様がぴったり寄り添ってくださった日となった。こっちのほうがずっといい！

感謝します。

十二月二十六日（土）

昨日は早朝からミホがERに行くことになったため、エミ、マヤ、ケン、私の四人でお祈りをして、四人でクリスマスプレゼントを開け、四人でクリスマスの朝食を囲んだ。ミホは朝一で診てもらえたため、昼前には戻ってきたし、その日は大事に至らなかったので感謝ではあったけれど、やっぱりクリスマスらしからぬ日だった。

でも、神様はそんな寂しいクリスマスの日を取り戻すかのように、たいそう祝された二十六日をくださった。私の妹二人が一泊の予定でシカゴに来てくれたのだ。一人は東京から、もう一人はニューヨークから。


午後に妹たちを空港に迎えに行き、ウィルソンが吠えるのではないかとドキドキしながらうちに連れてきた。しかしウィルソンは一瞬「ワン?」と戸惑ったような声を出しただけで、それ以外はまったく吠えなかった。すぐに二人になついて、甘えまくっていた。家族だとわかったのだろうか。すごい。

二人が到着したときミホは寝ていたけれど、エミ、マヤ、ケンは、叔母さんたちと楽しい時間を過ごした。そのうちミホも起きてきて、幸い体調も落ち着いていたのでみんなでワイワイ楽しく過ごした。

クリスマスの日は、夕食に何を作ったか思い出せないくらいたいしたものは用意できなかったが、妹たちが来てくれた日は、一応お祝いの食卓らしいものを整えた。ローストビーフと、ロースト野菜のスープと、ルッコラとブドウのサラダと、ガーリックポテト。いい食器やシルバーウェアを出して、ろうそくを灯して、ちょっぴりフォーマルに。ケンは「昨日よりも今日のほうがクリスマスみたい!」と、とても嬉しそうだった。よほど嬉しかったのか、お姉ちゃんたちと三人でウクレレを弾きながら歌を歌っていた。そんなことはめったにないのに。

海外に住んでいると、祝日だからといって親戚で集まることもない。だからこれは子どもたちにとっても、本当に特別なことだった。

大変なことがいろいろ起こる中でも、神様はこうやって慰めと励ましを与えてくださる。

「しかし、気落ちした者を慰めてくださる神は、テトスが来たことで私たちを慰めてくださいました」（Ⅱコリント七・六）

ミホが自撮り棒を持って撮った写真。
前列左からミホ、エミ、マヤ、私。後列左からケン、夫、妹の紫都と紫野。

感謝。感謝。感謝。

十二月三十日（水）

ミホは今、ＩＣＵ（集中治療室）にいる。

あのタイミングでの妹たちの訪問は、実に神様からのプレゼントだった。ミホはクリスマスの日に肺から浸出液を抜き、叔母たちが訪問してくれた二日間はかなり具合のよい状態で迎えることができた。しかしその翌日からまた症状が悪化し、嘔吐を繰り返したので朝からＥＲに行き、そのままＩＣＵに入った。妹たちが来てくれたのは、ピンポイントでミホの体調のよいときだったのだ。

ＣＴスキャンで、両肺、腹部、そして心臓の周りに浸出液がたまっていることがわかった。脈拍は非常に早く（基準値は七〇〜九〇のところ、一時期は二九五まで上がった）、呼吸も早く浅く、通常なら一分間に二〇くらいの呼吸数が、四五〜五〇。モニターのアラームがピーピー鳴りっぱなし。脈が早いのは、浸出液で心臓が圧迫されているため。呼吸数が早いのは肺が圧迫されているため。夜になってようやく心臓科のドクターが来てくれたので、心臓の周辺から液を抜くためにカテーテルを入れてもらった。これで新たに出てくる液は体の外につけた専用パウチ（袋）に流される。カテーテルを通して浸出液を体外に排出することを、「ドレナージ」と言うらしい。

脈拍がこれほど早い状態というのは、マラソンを走った直後の息苦しさのような感じだろうか。それがずっと続くなんて、どれほど苦しいことか。そんな中でも、ミホはケアをしてくださるナースたちに丁寧に応対し、お礼のことばを忘れない。ERから手術室に運ばれていくとき、ナース二人がミホに「あなたは今日の私たちのヒーローよ。とても励まされたわ、ありがとう」と声をかけてくださった。

夕べは、私はミホの病室に泊まった。明け方五時半頃、ミホが呼吸困難に陥り、五～六人のナースと医師たちがどやどやと部屋にやってきて、緊張が走った。そして、肺のカテーテルは午後に挿入するはずだったけれど、それまで待てそうになかったため、午前中に針を刺して浸出液を抜いた。ただ、この処置をしたため、カテーテルの挿入は延期になった。カテーテルを入れるためには患部に液がたまっていないといけないのだそうだ。なかなかタイミングが合わず歯がゆい。肺にカテーテルを入れる話は先週からしているのに。

昨日から始まるはずで、ミホも心待ちにしていた免疫チェックポイント阻害剤は、呼吸の問題に対処できるまでは延期になった。また、ドクターたちは脳への転移も疑っているらしく、脳のＭＲＩも早くしたいところなのだけれど、呼吸の問題のせいでそれもなかなか受けられず……。つまり、今はがんそのものの治療ではなく、がんのせいで出ている症状の処置に追われている感じだ。

ああ、神様がすべてをうまく取り計らってくださいますように。

夕方には家族全員でお見舞い。六人で写真を撮りたかったけれど、ミホが嫌だと言ったので撮らなかった。今夜も私が病室に泊まる。

今、病室でラップトップを使ってこれを書いているが、カレンダーのリマインダー機能で、〝New Year's Eve Tomorrow〟と画面に出ている。そうか、明日は大みそかか……。まったくそれらしくない。そもそもすっかり忘れていた。当然大掃除らしきことは何もしていないし、おせち料理の支度もまったくしていない。この調子では、ミホはＩＣＵで新年を迎えることになりそうだ。

十二月三十一日（木）

こんなに大みそかという気のしない大みそかは久しぶり。初めてかもしれない。例年なら、一年の終わりにはその年を振り返って思い巡らす時間をもつのだけれど、正直なところ、今はまだそれができるほどの余裕が自分の中にない。落ち着いて思い巡らしができるようになるまで待つことにする。

その代わりというか、ちょっと思い出したことがあるのでそれを書き留めておく。二〇年近く前に書いたもの。

ミホが病気になった。
たて続けに咳き込み、息を継げずに苦しそうにあえぐ。
咳をしながらも、私の腕の中で何か言いたそうにしている。
苦しいに違いない。「助けて！」と言いたいのだろうか。
ミホの顔が赤紫色に変わっていく。
私には彼女を膝の上に抱きかかえ、背中をさすってあげることしかできない。
そのうち、咳き込みすぎて嘔吐してしまった。

しかしようやく息を継ぐと、私を見上げてか細い声でミホが言った。

「ママ、好き。ママ、好きよ」

ミホの私への愛、全き信頼、そしてそこからくる平安。

母の腕の中に守られているというその事実を知っていたからだろうか、
苦しみの真っただ中にあっても、ミホの口から出てきたのは母への愛の告白だった。

私にはできるだろうか？

苦しみの真っただ中にあるとき、自分が主の御腕の中にしっかりと抱かれ守られていることを自覚し、そこに平安を見出せるだろうか？

「主よ、なぜですか？」ではなく、

「主よ、あなたを愛します」と言えるだろうか……？


がんのせいで胸部や腹部が痛むうえに、胸に水がたまって呼吸が苦しくてつらいミホ。苦しいときはどうしてもいら立つだろうし、ことばも態度もつっけんどんになるが、苦しいのだから仕方がない。それでも、ミホなりに気を遣っているのか、時々、咳き込む合間に、大急ぎで「I love you, Mommy」と言ってくれることがある。夕べもそうだった。そして息継ぎもできないほどに咳き込むミホの背中をさすりながら、十五年以上前に書いたこの文章を思い出した。ミホのこういうところは、あのときも今も少しも変わらない。

ミホは数か月前にこう言った。「神様は私に、『わが娘、ミホのことを忘れてはいない』と語ってくださったの」と。「神に愛されている娘」というその場所に、ミホが揺らぐことなくとどまり続けることができますように。そしてエミ、マヤ、ケンも、それと同じ確信と平安のうちに立つことができますように。

末期がんという深刻な闘いだけれど、つらくなってしまうときもあるけれど、心のどこかに、(医学的には)根拠のない安心感がある。敵は私を不安に陥れようとしているのだと思う。実際、恐れを感じるときもある。切なくて泣きたくなるときもある。それでも、私の中のどこかに、説明のしようのない平安がある。皆さんの祈りのおかげなのだと思う。

大勢の方々が祈ってくださっている。中には、どう祈ったらいいのかわからないとおっしゃる方もいる。それでもいいのだと思う。何と祈ったらいいのかわからず、ただうめくしかできなくても、あるいは的外れかもしれないことを祈るとしても、それでもいいのだと思う。神様は、私たちの祈りの文言そのものにこだわるのでなく、祈ろうと思う私たちの思い、動機、心に動かされる方だと思うから。祈ってくださる方々の優しさとあわれみに満ちた心がすべて、主の前にかぐわしき祈りの香りとして立ち上っているのだと思うから。

大みそか。私たちのために心を注いで祈ってくださっている方々を思い、祈る。その方々の上に、主からのあわれみと優しさが豊かに注がれますように。祝福が豊かに注がれますように。

A Celtic Blessing　ケルトの祝福

いのちの神の守りが　あなたの上にありますように
愛に満ちたキリストの守りが　あなたの上にありますように
聖霊の守りが　あなたの上にありますように
あなたが生きている限り、昼も夜もあなたを助け、支えてくださいますように。

神の守りが
キリストの守りが
聖霊の守りが
あなたの上にありますように。

二〇一六年一月一日(金)

今日は、昨日のうちに作ったお雑煮(お餅は抜き)をサーモスに入れて、エミと二人で朝から病院へ。元旦だということも忘れていたけれど、病院で会う人、会う人が「Happy New Year!」と言うので、そのたびに、あ、そうだった、と。お正月だけれど、皆さん、いつもと同じように仕事をしてくださっている。ドクターやナースはもちろん、いろいろな係の人たちがいて、お正月でもいつものように仕事をしてくださっている。

病気には祝日も休日も関係ない。ミホもこの冬はクリスマスもお正月も病院だった。でも、働いてくださっている人たちがいるおかげで、休日でも看護してもらえる。

今日のミホは、昨日までよりずっと楽そうだった。まず、おしゃべりすることができた。昨日まではろくに話すこともできなかったのに、今日は普通におしゃべりしていた。食事も、一回に少しずつではあるけれど、吐くことなしに食べられるようになっていた。お雑煮も、持っていった分の半分くらいは食べられた(そのあと、ほんのちょっとだけ吐いたけれど)。心臓周辺の浸出液の量もかなり減ったそうで、胸に挿入されていた管も外れた。

そして、午後にはICUから普通の病室に移動。相変わらず酸素のチューブを鼻に挿しているけれど、点滴はなし。脈拍がまだ少し早めで、血液検査の結果Dダイマーとやらの値が高かったので、血栓の可能性もあるとのことでCTスキャンをしたが、異常はなかった。脳転移の疑いもあり、MRIもしたがそれも異常なし。数日前のCTスキャンでは、胃腸にも腫瘍などは見られなかったとのこと（スキルス胃がんでも、進行すると普通の胃がんのように腫瘍ができるらしい）。感謝！　あとは肺の浸出液を抜くためのカテーテルを挿入さえして（月曜日）、食事も普通に摂れるようになれば、今度こそいよいよ治療を再開することができる。臨床試験に予定どおり参加できるかどうかまだわからないけれど、とにかくここまでこぎつけることができて、本当に感謝。

一月六日（水）

ミホは一昨日の晩から心臓科のICUに移され、翌朝七時から肺にカテーテルを入れる処置と、心嚢開窓術《しんのうかいそう》という手術を同時に受けた。

胸水のせいで呼吸が浅く困難になり、心膜腔の浸出液のせいで心臓が圧迫され、心拍数がひどく上がっていた。心膜腔の浸出液はそのまま生命の危険につながるそうで、早急な措置が必要とされる。先日、管を通して水を抜いたものの数日のうちにまたたまり始めたので、より永続的な措置が望ましいということで今回は心嚢開窓術を受けた。これをすると、たとえがん性のものであっても、八五％の人は、もう水がたまらなくなるのだそうだ。

手術が終わり、昼頃にＩＣＵの病室に戻ってきたときのミホは、麻酔から覚めたばかりでひどい痛みの中にあった。病院では痛みの強さを表現するのに一から一〇のスケール（一〇が最大）を用いるが、ミホは一〇だった（痛みは主観的なものなので、自己申告だけれど）。

ミホはふだんは痛みに強く、黙ってじっと耐えるタイプだ。最大級の痛みだったにもかかわらず、最初のうちはうめき声をもらす程度で、必死に耐えていた。それでも、最初に打ってもらった痛み止めが全然足りなくて、痛みが長引くにつれてさすがに我慢ができなくなったらしく、大声で叫び出した。ミホがそこまで叫ぶのだから、よほど痛かったに違いない。そして、「どうして神様はこんなにも私のことを憎んでいるの？　どうしてさっさと死なせてくれないの？　死んだほうがまし！　死んでしまいたい！」と泣き叫んだ。かわいそうに、かわいそうに。

痛み止めを打つにも担当医のオーダーが必要で、オーダーをもらってからそれを薬局に伝え、それから薬や必要なシリンジだのポンプだのが病室に運ばれてくるのに時間がかかり、痛みがコントロールされ始めるまでに結局、二時間くらい待たされた。声をかけても、手をさすっても、ミホは怒るばかり。こんなときに親は何の役にも立たず、なんと無力なことか……。

医師がオーダーしてくれたのは、ＰＣＡ（自己調節鎮痛）ポンプというもので、痛み止めが欲しいと思ったらいちいちナースを呼ばなくても、自分でボタンを押せば薬が点滴を通して投入されるようなシステム。一回の投与量は通常よりもずっと少なく、そのかわり十分に一回のペースで投入しても量が規定を超えないようにちゃんとコントロールされているらしい（ミホは痛みがひどかったため、六分に一回のペースで投入できるように調節してくれた）。

ずいぶん待たされたがようやくＰＣＡをつけてもらい、夕方五時半頃には痛みも一〇点スケールで三（痛いけれども我慢できるというレベル）になっていた。痛みが落ち着くと、いつものミホが戻ってくる。

「I love you, Mom」
「Thank you for everything, Mom（いろいろありがとう、ママ）」
「I'm thirsty.（のどが渇いた）オミズアゲテクダサイ」（please give me が「あげてください」になるのがかわいい）

途中で用務員さんがごみや汚れたシーツを回収に来たとき、ミホは「Thank you so

much, Sir」とお礼を言っていた。Sir というのは、目上の人に用いる敬意を込めた呼称。あの子は見過ごされがちな人たちには、いつも意識して特に敬意を示すのだ。

ミホは、「どうして神様はこんなにも私のことを憎んでいるの？」と叫んだけれど、違うのよ、違うの。

あなたの心があまりにも美しくて、あなたが神様にあまりにも愛されているから、サタンがあなたのことを憎んだの。サタンがあなたに神様のことをのろわせようとして、あなたを苦しめているのよ。

ああ神様、あなたがヨブにご自身を現し、苦しみの中でヨブに出会われたように、どうかミホにもご自身を現し、ミホにも出会ってあげてください。決してあなたに見捨てられたわけではないことを、あなたに憎まれているわけではないことを、どうぞ、あなたご自身がミホに知らせてあげてください。ああ、神様、伏してお願いいたします。ミホが苦しみの中にいるとき、あなたのことがわからなくなってしまうとき、どうぞその場所でミホに出会ってあげてください。ミホを抱きしめてあげてください。そしてヨブが告白したように、ミホも告白できますように。

「あなたには、すべてのことができること、
どのような計画も不可能ではないことを、
私は知りました。
……私はあなたのことを耳で聞いていました。
しかし今、私の目があなたを見ました」（ヨブ四二・二、五）

一月八日（金）

十二月二十九日に入院して、今日で十一日め。火曜日の晩から心臓科ICUにいる。心膜に挿入した太いチューブは明日外れる予定。肺のほうは、おととい、昨日と、ナースと一緒に肺のカテーテルからドレナージする（浸出液を抜く）練習をした。肺に常時挿入されているチューブ（ふだんはくるくる丸めて、大きな絆創膏で胸にとめている）を伸ばして、専用のキットについてくる真空容器につなげる。真空容器はワインのデカンタくらいのサイズ。チューブについている留め具を外すと、肺にたまっている浸出液が真空容器の中に吸い出されるという仕組み。退院したら自分たちでやらなくてはならないので、入院している間に練習だ。変に引っ張ってしまったり、消毒が不充分で雑菌が入ったりしたら

大変なので、結構緊張する。今はまだ、毎日三〇〇〜四〇〇ミリリットルの浸出液が取れる。

心臓関係の処置はこれで一段落だが、入院はもう少し続き、今夜か明日には、腫瘍内科の棟に移動する。

夕方六時過ぎ、腫瘍内科の主治医が心臓科まで来てくださり、話をした。臨床試験はいったん諦めて、すぐに化学療法を始めましょうということになった。臨床試験に参加するためにはさまざまな条件があり、今のミホはもはや、それらの条件をクリアするのを待っていられないので、明日からすぐに化学療法を始めましょう、と。前回受けた化学療法はミホには非常によく効いたので、もう一度それをする。

ドクターも、今となっては後の祭りだが、いくら効いていたからとはいえ九月末で化学療法をいったん止めたのはよくなかったと言っていた。あの時点では、止めたとたんにがんがこんなに活性化するとは予想できなかった。でもあのときは、ミホ自身がもう続けたくなかったのだし、中断したことによって、少なくとも二か月はかなり楽に過ごせる時期を持てたので、ミホもそれは後悔していないと言っている。でも、今回は薬が効いている限りはもう止めない。

さっき別のドクターが来て、今日行った検査の結果、ミホの食道に狭窄《きょうさく》があることがわかったと言っていた。ここしばらく、食べ物がまったく食べられなくなったのもそのせいだ。原発は胃なのに、胃以外のところにがんが広がっている。

今はとにかく先が見えないので、すでに決まっていたいくつかの私の予定をキャンセルした。関係者の皆さんにはご迷惑をおかけしている。皆さんの愛と理解に心から感謝。先は見えないのに、あまり恐れはない。

今日の午前中、ミホがぽつりと、「もう一度アクティブになりたい」と言った。それはそうだ。まだ二十一歳なのだもの。なんだか次から次へと問題が出てくるけれど、必ずまた元気になれる日が来ることを信じている。

一月九日（土）

今日から化学療法が再開した。他に早急に対処しないといけないことがいろいろあって、がんそのものへの治療が後回しになっていた（せざるを得なかった）ことが気になっていたけれど、ようやく再開してちょっと安心した。

化学療法でとにかくがんの広がりを抑え、縮小させることで「時間を買って」（とドクターは言った）、落ち着いてきたところで改めて臨床試験の参加を考えましょう、とのこと。

今のミホは、非常に弱っている。がんそのものの進行のせいというよりも、低栄養状態で衰弱しているようだ。何しろ、この一週間は、水とジュース、それからほんの数口のお味噌汁以外は何も摂取していないし、それ以前からも、食べるたびに嘔吐していた。この三週間くらいは、ほとんど何も食べていないに等しい。しかしミホは昨年四月にがんの診断を受けて以来、どういうわけかどんどん体重が増え（十二月の入院時で、身長一四八センチで体重は五十七キロあった）、皮下脂肪をたっぷり蓄えて、ミニ力士みたいな体型になっていた。今は体内にストックされているもので何とかしのいでいるのだと思う。太ったのも祝福だったのだ。

食道狭窄があり、今は口から栄養摂取ができない。そこで鼻からチューブを通すか、場合によっては「腸ろう」（小腸に管を挿してそこから直接栄養を送る）をする。腸の機能は今のところ問題ないので、その機能を衰えさせないためにも、点滴による栄養摂取よりチューブを通してのほうが望ましいらしい。明日、胃カメラで食道の状態を詳しくチェックするので、最終的な判断はそれから。

一月十日（日）

今朝私が病室に着いたとき、ミホは泣いていた。かわいそうで胸が張り裂けそうだった。絶対にまた元気になって、おうちに帰れるからね、と励ました。

今日はまた、ちょっとしたトラブルがあった。ミホが子どもの頃からセキュリティーブランケット（それがあると安心する毛布）代わりにしている、パパのお下がりの緑色のトレーナーがなくなってしまったのだ。ミホは病院でも、それを抱きしめたり首のまわりにかけたりして、毎日肌身離さず持っていた。手術に行くときも持っていった。ところが今日、ベッドのシーツを取り替えてもらうとき、シーツと一緒に片付けられてしまったのだ。シーツを取り替えてもらっている間、私

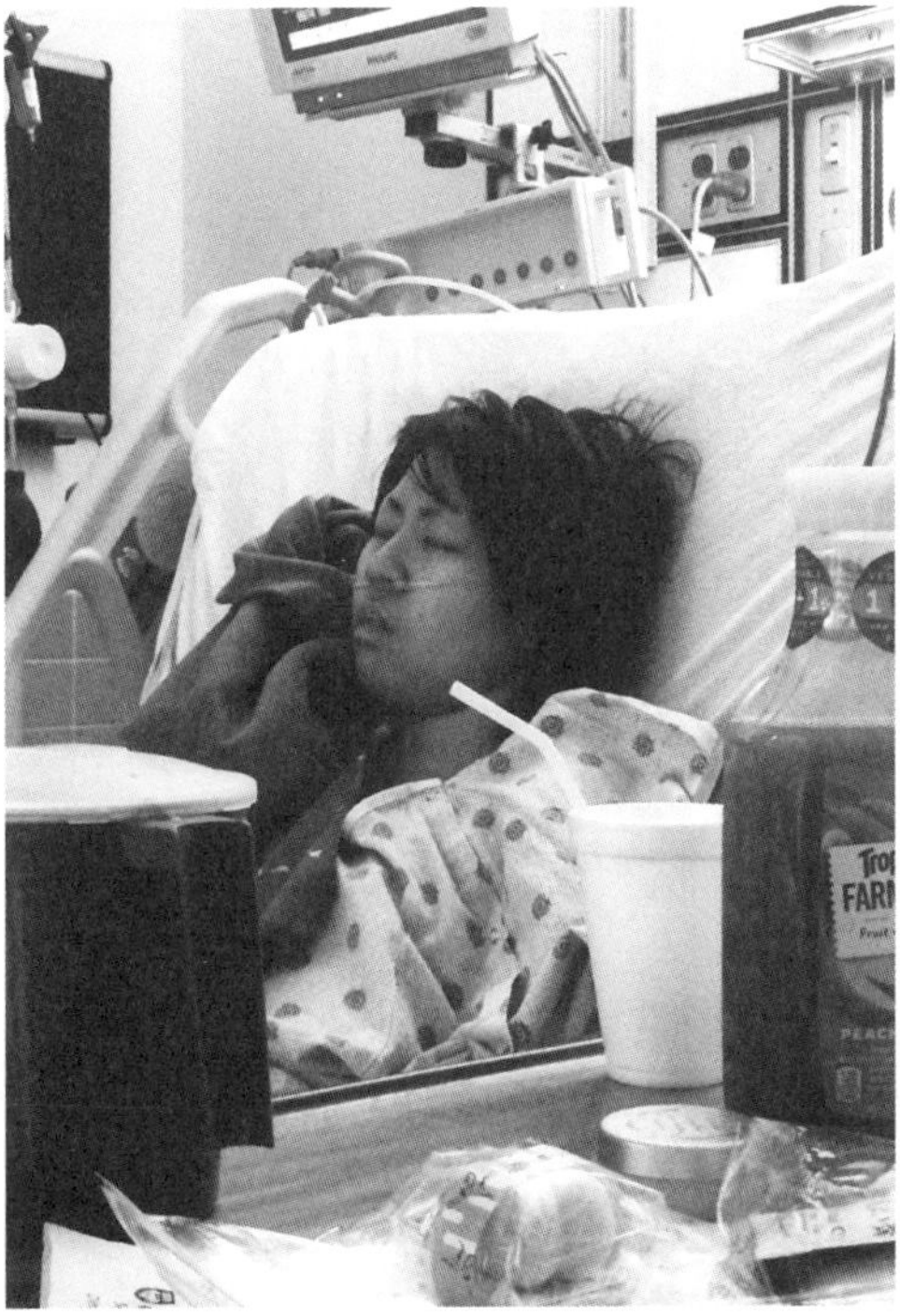

パパのトレーナーと一緒に眠るミホ

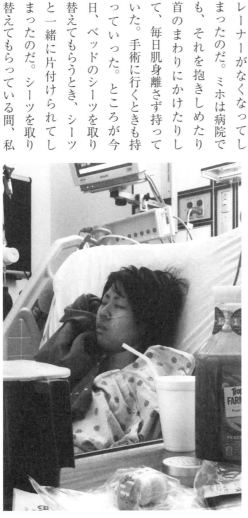

はミホに沐浴していたので気づかなかった。気づいてからあわてて取り戻しに行ったときには、もう手遅れだった。

一月十二日（火）

昨日は食道の狭窄部分にステント（金属の網でできた筒）を挿入する処置をした。当初は、狭窄部分がのどに近ければ、鼻か腸に食物摂取のためのチューブを挿すと言われていたのだけれど、のどに近い部分だったにもかかわらず、結局ステントになった。詳しい説明はまだ聞いていないが、あくまでも一時的な処置ということらしい。ただ、のどに近い部分に金属の筒を入れたので、違和感も相当あるらしく、ミホはずっと苦しがっている。挿入したことによる痛みと違和感の両方で、かなりつらそうだ。

私は、夕べも今夜もミホの病室に宿泊。ミホは、手足に浮腫が出ていて、血栓かもしれないということで、明日検査を受ける。次から次へと問題が出てきて切ない。足には空気で圧迫を加えるマッサージ器のようなものをつけてもらった。しかし腕までむくんできたので、ドクターは警戒している様子。何事もありませんように。

一月十三日（水）

娘が苦しんでいるときにしてあげられることが何もないのは、本当につらい。せめて手を握ったり背中をさすってあげたりしたいのだけれど、うっかり触ると逆に痛みや苦しさを増すこともあるようで、そんなときは手を払いのけられてしまう。そうなると、本当に見ていることしかできない。それでもそばにいて、水やお茶をいれたり、嘔吐したときに口元をふいてあげたり、彼女に代わって彼女の痛みの訴えをナースに伝えたりしてあげられるだけでも、幸いなことだ。

ミホがステントを入れる手術をして戻ってきたとき、ミホの第一声は「ママはどこ？」だったそうだ（私は夫と交替してすでに家に帰っていた）。私が一人で病室に来ると、彼女はいつも真っ先に「パパはどこ？　パパも来る？」と尋ねる。私たちは交替で付き添っているが、本当は二人そろっていてほしいのだろうか。ステントを入れた日、夜になってから私がもう一度病院に戻ったら、ミホは息も絶え絶えだったのに、一言、「来てくれてありがとう」と言った。そして夜中、私がミホに付き添っていると、「ママがここにいてくれてとっても嬉しい」と言った。何もできなくても、一緒にいるだけで彼女の支えになれるなら（時にはうまく手伝えなくて怒られるとしても）、何時間でもここにいたい。

痛みの中にあるとき、特に夜中、一人きりなのはどれほど心細く悲しいことだろう。生産性という観点から考えるなら、なすすべもなく痛む人のそばに付き添っていても不毛だと言えるかもしれない。しかし実際には、これほど尊いことはないのだと思う。何を言うでも、何をするでもなく、ただ一緒にいること。一緒に地に座ること。時には、それが何よりの慰めになる。

「彼らは彼とともに七日七夜、地に座っていたが、だれも一言も彼に話しかけなかった。彼の痛みが非常に大きいのを見たからである」（ヨブ二・一三）

一年半前から、霊的同伴者としての働きをするための訓練コースを受講し始めた。しかしミホの入院が長引き、ここしばらく休みがちになっている。冬休みの宿題で、一人で沈黙のリトリートに行き、そのときの体験についてレポートを書くというものがあった。しかし私は、病院と自宅の行ったり来たりでリトリートどころではなかった。そこで期限延長のお願いと、今週のクラスには行けないことをメールで伝えたら、次のような返事をいただいた。

今起こっていることを、自分の計画を邪魔するものとしてではなく、あるがままに受け止めてください。これまでこの講座で学んできたこと、つまり、あなたやミホの生活は一瞬一瞬が聖なるものであり、神はいつもそのただ中におられるということを、あなたは今まさに生きているのです。そのことを覚え、ミホやあなたの毎日の中で起こっていることに注意を向けてください。……あなたの実際の生活の中で、「いま」このとき、神がどのように働いておられるかに思いを巡らせてください……あなたが疲労を覚え、それゆえに神のもとで休息したいと願っていること、それが鍵です。それを受け取ってください。どのようなかたちだとしても、それがあなたのリトリートの時です。形式にこだわる必要はありません。

そうだ。今の私にとって、ミホの病室がリトリートの場所。ここは確かに聖なる空間。ミホの苦しそうなあえぎ声に、イエス様のお姿が重なる。主がここにおられる。ミホが激しい痛みの中で「どうして神様はこんなにも私のことを憎んでいるの？」と叫んだとき、私はとても切なかった。でも、あとからそのことについて祈り、思いを巡らしていると、ミホのその叫びが十字架の上での「わが神、わが神、どうしてわたしをお見捨てになったのですか」というイエス様ご自身の叫びと重なった。誰よりもイエス様が、ミホの気持ちと痛みをご存じであられるのだ。そして、誰よりもイエス様が、ミホに寄り添い、ミホと一緒にその痛み苦しみを担ってくださっているのだ。

昨夜までは、ステントを挿入したことによる痛みが強く、夜もほとんど眠れない状態だったが、今朝あたりからようやく落ち着いてきた。ドクターが来て、この調子なら二日後くらいには退院できるかも、とのことだった。感謝‼

ミホは先ほど眠りに落ちたが、眠る前に私に、「ママ、I love you so much. ちゃんと運動してね。ママが病気になったり倒れたりしたら大変なんだから」と言った。ミホ、こんなときにも私のことを気にしてくれてありがとう。主よ、ミホを通して現されるあなたの御臨在を感謝します。

一月十六日（土）

「あと二日くらいで退院できるかもしれません」と言われ続けてもう四日になる。でも、今度こそ本当に、明日あたりには退院できそうな気配。

昨日までは鼻に酸素のチューブがついていたし、点滴でブドウ糖液や抗生物質を摂取していたし、足には血栓を防ぐためのマッサージャーがついていたけれど、どれも全部外れた。今ついているのは心拍数のモニターだけ。心拍数も、入院したときは、一三〇以上あ

恐縮ですが
切手を
おはり
ください

郵便はがき

〒164-0001
東京都中野区
中野 2-1-5

いのちのことば社
フォレストブックス 行

お名前

ご住所 〒

Tel.

男　女

年齢

ご職業

e-mail 携帯電話のアドレス
パソコンのアドレス

今後、弊社から、お知らせなどを
お送りしてもよろしいですか?　□はい　□いいえ

愛読者カード

書名

お買い上げの書店名

本書についてのご意見、ご感想、ご購入の動機

ご意見は小社ホームページ・各種広告媒体で匿名にて掲載させていただく場合があります。

本書を何でお知りになりましたか？

- □ 友人、知人からきいて
- □ 広告で（　　　　）
- □ プレゼントされて
- □ 書店で見て
- □ 書評で（　　　　）
- □ ちらし、パンフレットで
- □ ホームページで（サイト名　　　　）
- □ SNSで（　　　　）

今後、どのような本を読みたいと思いますか。

ありがとうございました。

ご記入いただきました情報は、貴重なご意見として、主に今後の出版計画の参考にさせていただきます。その他「いのちのことば社個人情報保護方針 https://www.wlpm.or.jp/about/privacy_p/」に基づく範囲内で、各案内の発送、匿名での広告掲載などに利用させていただくことがあります。

ったけれど（正常は七〇くらい）、今では九〇前後になっている。血圧も正常。

唯一の問題は、食道ののどに近い部分に入れたステントのために、まだ固形食が食べられないこと。特に退院したら薬は錠剤で飲むことになるので、錠剤の薬を飲み込めるようになるかが退院できるかどうかのポイントだ。

帰宅してからの食事も、自宅でのどを詰まらせると困るので、当分は流動食に近い柔らかいものが中心になる。今から何が作れるか、レパートリーを増やすべく一生懸命考えている。

腸に直接チューブを入れてもよかったところを、ドクターがあえてステントにしたのは、食べる楽しみが奪われないためだと思うので、なんとか工夫して食事を楽しませてあげたい。

そう思って友人に聞いてまわったら、いくつか情報をいただいた。まず、ファイトケミカルスープという野菜の滋養を生かしたスープ。それから辰巳芳子さんの『あなたのためにーいのちを支えるスープ』（文化出版局）という本からのレシピ。早速日本の母にこの本を送ってくれるよう頼んだ。

一月十七日（日）

今日退院できると思っていたのに、夕べからまた呼吸困難になった。レントゲンを撮ってもらったら、今度は右側の肺に浸出液がたまっていたことが判明した。そこで退院は延期になり、月曜日に右の肺にもカテーテルを入れることに。退院が延びたのは残念だけど、今わかってよかった。退院してからだと、またＥＲに行って、それからベッドが空くのを待って、それから手術のスケジュールを入れてもらってと、ずっと面倒なことになっていただろう。入院中にやってもらえば、ミホの体にも負担が少なくて済むので、本当によかった。

右と左の両方の肺にチューブが挿し込まれるのかと思うとかわいそうだけれど、処置をしなければ息ができなくなってしまうのだからしかたがない。体に異物を挿入するので、感染症などになりませんように。ミホの気力と体力が守られますように。

ステントの痛みは当初よりましになってきたものの、まだ固形食は食べられず、柔らかいものでさえ飲み込めない。摂取できるのは完全に液状のものだけ。今日、もう大丈夫かと思って柔らかめに作ったマッシュポテトを持っていき、ミホも大喜びで一口パクリと食べて飲み込もうとしたら、激痛で足をバタバタさせて大声で悲鳴をあげる事態に。驚いたナースたちが五人ほどドヤドヤと駆け込み、ミホは「痛い、痛い」と涙をボロボロ流し、かわいそうだった。ステントを入れたのは経口で食事ができるようになるためのはずなのに、実際に食べられるようになるまでにこんなに時間がかかるとは。

「私たちの主イエス・キリストの父である神、あわれみ深い父、あらゆる慰めに満ちた神がほめたたえられますように。神は、どのような苦しみのときにも、私たちを慰めてくださいます」（Ⅱコリント一・三〜四）

一月二十日（水）

昨日の夜、ついにミホが退院してきた。三週間に渡る入院生活に一区切りがついた。感謝。

入院中に数度の手術をし、今は胸の真ん中に縦三センチほど傷がつき（心膜腔にチューブを挿した跡）、左右両方の胸からは直径三ミリくらいのチューブが出ている。背中にも浸出液を抜いたときの傷があり、ケロイドになりやすい体質のためか、そこがしこりのようになっている。胸の上部には、ＣＶポートを埋め込んだときの跡がある。女の子の体にこんなに傷がついて……。だけど、これら一つひとつの傷は、ミホが勇敢に闘っているしるし。

帰宅したミホには、教えていただいた辰巳芳子さんの玄米スープを作って飲ませた。「あんまりおいしくない」と言いつつも、全部飲んでくれた。まあ、アメリカで生まれ育った彼女にとって、炒り玄米と昆布と梅干しの味はあまりおいしいと感じられるものではないだろうけど、でも滋養たっぷりだよ！

調味料は一切使わず、梅干しの塩気と昆布の旨味、玄米の香ばしさだけで優しい味を醸し出す。煮出したあとの玄米には、さらに水を足して、卵とちょっぴりのお醬油をたらしておじやにした。それは私と夫がいただいた。


退院したとはいえ、闘病生活はこれからも続く。今日も早速病院に行って主治医に会う予定。来週は二度目の化学療法。それでも、一つの区切りがついたように思う。私も、いったん棚上げになっていたいろんなことを、ゆっくりと下ろしてこよう。

旅路は続く。

一月二十一日（木）

多くの方からいただいた情報をもとに、ミホのためにスープを作り始めた。もともと、うちの家族は野菜のポタージュスープが大好きで、特に数年前にハンドブレンダーを購入してからは手軽に頻繁に作っていた。今回は、辰巳芳子さんのスープやファイトケミカルスープのことを知り、改めてスープの効用に目が開かれた。野菜の滋養をよりたっぷりと、充分に引き出すためのいくつかのコツも学び、どさくさに紛れてルクルーゼのお鍋もスープ用に購入した（ホウロウ鍋で煮るほうがいいとあったので）。

ミホが退院して以来、スープ作りが朝の日課になりつつある。ケンを学校に送り出し、それから台所に立ち野菜を刻む。野菜の煮える匂いが階下に立ちこめると、ミホの食欲も刺激されるようで、「イイニオイ」と言いながら下りてくる。

朝の一杯めは、上澄みだけをすくって透き通ったコンソメスープとして。

お昼には煮えた野菜ごとハンドブレンダーでとろとろにしてポタージュに。今日は、吐き気があったので、ショウガの絞り汁も加えた。

夜は、さらに材料を加えて煮込み、味付けも変えて、お昼とはひと味違うポタージュに。昨日はタンパク質強化のために、枝豆とお豆腐と生クリームを加え、さらにカレー粉とガラムマサラでカレー風味に。ミホは、一口食べるや否や、「あ、オイシイダ！」と言って喜んで食べてくれた。今夜はトマトを加えてさわやかなスープに。

ミホの場合、のどの奥に入っているステントに食べ物が引っかからないよう、今はまだ流動食のみでといわれている。化学療法の副作用で冷たいものは食べられないため（冷たいものを食べると神経痛が起こる）、アイスクリームやスムージーは残念ながら食べられない。加えて、スキルス胃がんなので胃壁も固くなってきており、おそらく消化吸収の機能もかなり鈍っていると思われる。そのため栄養たっぷりのポタージュスープは、まさにもってこいの食べ物なのだ。材料そのものには特に制限はなく、バランスさえよければ何を食べさせてもいいと言われている。

ミホは毎日嘔吐する。食べたものを吐くのではなく、よくわからないが、透明な液体を突然吐く。そして体力がすっかり落ち、ぐったりしている。

それでも食欲は戻りつつあり、私の作るスープを、どこのカフェのスープよりもいちばんおいしいと言って喜んで食べてくれる。一回に食べられる分量はスープ皿に一杯がやっとだけれど、滋養がギュッと詰まったスープだから。

今の私にとって、ミホのためのスープ作りは祈りだ。神様との交わりの時であり、神様の前に私の願いを差し出す時でもある。

娘が病気になり、特に暮れから容態が悪化し、私の生活パターンはガラリと変わってしまった。しかし先日私の霊的同伴者が言っていたように、この生活の変化は割って入ってきた邪魔者ではなく、それ自体が聖なる時なのだ。

スープを作る時も、ミホのベッドサイドにひざまずいて左右の肺に差し込まれているカテーテルから浸出液を抜く時も、それは私にとっての典礼《リタジー》であり、神様に出会い、神様を礼拝する聖なる時間。インマヌエルなる主がそのただ中におられるから。

一月二十三日（土）

最近、身体的な痛みについて考えることが多い。身体的な痛みとは、人の心をくじくものだと思う。フェイスブックで知り合った末期がんで闘病中のある牧師さんも、ひどい痛みは希望を持つことすら難しくさせるとおっしゃっていたが、慢性的な痛みや、延々と続く痛みの中にあって、なお希望や喜びを持ち続けることがどれほど難しいか……。また叫ばずにはおれないほどの激しい痛みに襲われることが、どれほど恐ろしく、人から生気を奪うものか……。

私がこれまでに体験した中でいちばんひどい痛みは、麻酔なしで出産したときの陣痛だろう。あのときは、あまりの痛みに死んだほうがましだと本気で思った。今ここにテロリストたちが乱入し、私に銃口を突きつけたとしても、私はきっとまったく恐れを感じずに、「ありがとう、早く撃って」と言うだろうと、あのとき朦朧《もうろう》とする頭で思っていた。いや、私を殺すために銃を持った人たちが来てくれる情景を、切望するように思い描いていた。

ひどい痛みは、それくらい生きることに対する希望も執着も失わせてしまうのだ。陣痛のように一時的で、しかもよい結末をもたらすとわかっている痛みでさえも、そのただ中にいるとそんなふうに感じるなら、いつ終わるのかわからない痛み、その先には肉体の死しか待っていないかのような痛みを耐えることが、どれほど難しいことか……。

私は今まで、イエスの苦しみとは精神的な苦しみがメインであるように教えられることが多かった。つまり、裏切られたり、なじられたり、誤解されたりする苦しみがその中核にある、と。それはイエスにとって、肉体的な痛み以上につらいものだったであろうと言われるのを聞いてきた。

もちろん精神的な痛みもあっただろうし、それはさぞかし耐え難いものだったろう。しかし、イエスが受けた肉体的苦痛は、想像を絶するほど恐ろしいものだったはずだ。映画『パッション』で描かれていたように、びょうがたくさんついたむちで、皮膚が裂けて肉がちぎれるほどに何度も何度も打たれたのだ。そして長く太いくぎで手首や足首の骨を砕きつつ十字架に打ち付けられた。

誤解され裏切られる苦しみはある程度想像できるけれど、イエスが受けたほどの肉体的苦しみなんて、私には想像を絶する。

現代人にとっては、ここまで激しい肉体的な痛みは「現実的」ではないために、イエスの苦しみも、もっぱら精神面で解釈しがちなのではという気がする。そのほうが、私たちにはイメージしやすいのだろう。

しかし、イエスが受けた肉体的苦しみの激しさを忘れてはいけないのではないかと思い始めている。イエスが私たちの病を負い、痛みを担い、私たちの咎のためにその体が砕かれたとき、そこには精神的な苦痛だけではなく、激しい肉体的苦痛も伴っていた。

「わが神、わが神、なぜわたしをお見捨てになったのですか！」というイエスの叫びは、その両方の苦痛から出てきたのではないか。何でも精神性のものにしてしまわず、肉体の叫びにもしっかり耳を傾けるべきであるような気がする。少なくともイエスはそうしてくださる気がする。「ことば（イエス）」は肉をとって人となられたのだから。

一月二十四日（日）

ミホは、月曜日にステントをもう少し大きなものに入れ替える手術をすることになった。

今夜のうちに病院に行き、また数日入院になる。願わくは、二、三日で帰宅できますように。

実は今日はドクターにショックなことを言われた。そろそろホスピスのことも考えたほうがいいかもしれない、と。私は「ホスピス」ということばに反応し、しばらく涙が止まらなかった。でも、深呼吸をして祈りつつ、主の御臨在の中でたたずみ、神様がどういうお方であるか、そして今までの私と神様の会話を思い出し、思いを巡らせていたら、落ち着きが戻ってきた。

今日の夕方は、二時間ほどリビングでミホと一緒に座った。何をするでもなく、ただ座った。彼女は具合が悪くて、背中が痛くて、口の中にはあとからあとから唾液がたまって気持ちが悪いと言う。そして口にたまる唾液を、コップの中に何度も吐き出す。それが十五秒に一回ほどの頻度なので、彼女は眠ることも休むこともできない。涙をハラハラと流しながら、ため息をつき、こうつぶやく。「休みたいだけなのに……」

私にできることは、時々コップの中身を捨てて、ゆすいで、きれいなコップを渡してあげることと、そんな娘の隣に座ってあげることだけ。でも、そうするとミホが言うのだ。「一緒に座ってくれてありがとう。そばにいてもらえるだけで、慰められる」と。

コップに何度も唾液を吐き出す娘の横に座り、時々そのコップの中身を捨てて洗うとは、とても美しい情景とは言えないかもしれない。でも、そこに主がおられるなら、それも聖なる時間なのだ。だから今日の私は、一度は大泣きしたものの、そのあとはミホと二人で静かな聖なる時間を過ごすことができた。

一月二十五日（月）

昨日は、打ちのめされた状態のとき何人かの友人にメールしたのだが、その中の一人、Y子ちゃんから、次のようなお返事をいただいた。心に留めておきたいと思ったのでメモ。

メールを読んでから、ショックで神様に「神様、あなたは佐知さんたちからミホちゃんを取って、あなたのものにするのですかっ！」って、わけわかんないことをぶつぶつずっと祈っていたら、「ミホは最初からわたしのものだし、これからも永遠にわたしのものだよ」と言われた感じがしました。

「ミホは最初からわたしのものだし、これからも永遠にわたしのもの……」アーメン。

今日、また改めて、昨日から今日のことを思い巡らしていたら、ヘブル書の一節が浮かんできた。

「こういうわけで、このように多くの証人たちが、雲のように私たちを取り巻いているのですから」（一二・一）

レクツィオ・ディビナ（みことばを黙想しながら祈る方法）でこの箇所から祈っていると、なんとも言えない平安に包まれた。「このように多くの証人たちが、雲のように私たちを取り巻いているのですから」。うん、そうだ。私たちはひとりじゃない。この情景を思い浮かべる中で、私やミホもまた、愛と善なる神の証人の一人としてほかの証人たちに加えられ、さまざまな苦しみの中で闘っている人たちを雲のように取り巻くのが見えた。ハレルヤ。キリストの苦しみにあずかる者とされるとは、このようにして神の家族に加えられることなのか……。

一月二十六日（火）

昨日のミホのステント入れ替え手術は無事に終わった。

術後は当然のことながら痛みが激しく、ミホは痛み止めをリクエストしたものの何かの手違いでドクターオーダーが入っておらず、なかなか薬が来なかった。いろいろあった末、ようやく薬をもらえたのは病室に戻ってきてから二時間後だった。ミホは痛みでボロボロ泣き、こんなときは私にもどうしようもない。うっかり触ろうものなら「触らないで」と怒鳴られる。

この日は夕方、ケンを高校に迎えに行かないといけなかったため、私はいったん家に帰り、ケンをピックアップして、夕飯を作って、それからもう一度病院に来た。病院に着いてしばらくしたらミホが手術から戻ってきたので、ちょうどいいタイミングだったのだけれど、前述のような状況だったため、私がいても何の助けにもならず……。

心の狭い私はつい、内心、「私は怒鳴られるために戻ってきたのか……」と思ってしまった。しかしすぐに、「そうだ、怒鳴られるために戻ってきたんだ。それでいいんだ」と思ったら、それ以上は気にならなかった。ミホの苦しみを思えば、怒鳴られるくらい何でもない（と同時に、介護者の大変さも、今回のミホの病気を通してつくづく感じている）。

のどの奥に大きめのステントを入れたので、当然、違和感がある。それで何度も咳き込むのだが、ほとんどはわずかばかりの痰が出るだけ。でも、時々ドッとどす黒い液体を吐く。手術のときの出血が胃に流れ、それを吐いているのだろうとのことだったが、どす黒い液体を吐くのを見るのは怖いものがあった。その嘔吐は朝まで続いた。朝になる頃には、レバー状のものが出るようになっていた。

明け方からはようやく眠りに落ち、今日は一日、比較的落ち着いてほとんど寝て過ごした。痛み止めの投与は、出だしは遅れたものの、その後はちゃんと対処してもらえたため、痛みは前回よりもよくコントロールされているようだ。実際、前回に比べたら今回のほうがずいぶん穏やかであるようにも感じる。

正直に告白すると、夕べは、「いくら祈っても、祈ってもらっても、やっぱりこんなに痛みがあるじゃないか。祈ることが何の変化をもたらすのか」と思ってしまった瞬間もあった。でも、一日たってみて、どう見ても前回よりミホは楽に過ごせている。全身の痛みや吐き気による苦しさはあるのだから、楽に、というと語弊はあるだろうが、それでも手術によって予想されていた痛みは、思ったよりずっと軽いようだ。

今夜は、再開後の化学療法の二度目。腫瘍マーカーの値は、二週間前の時点では一五〇〇くらいで、今日は約四五〇〇とのこと。昨日は三九〇〇くらいだったそうだ。一日でこんなに上がるなんて。ミホの病室は寒くて、私はダウンジャケットを着込んでいるのに、ミホは汗を流している。寝ていても、眠りが浅いのか、よくうわごとを言ったり、何かをするように手をヒラヒラ動かしたりしていることがある。それでも、さっきふっと目を開けて、「今日はずいぶんゆっくりと休めた」とつぶやいていた。多くの方々の祈りのおかげだと思う。感謝します。

一月二十八日（木）

ミホの症状は日々変化する。ステント挿入後、今回はかなりうまく痛みがコントロールされていて、いい感じだ。昨日は食欲もあって（と言っても、清澄流動食）、水やコンソメスープを飲んでいた。ところが、夕べは咳と痛みであまり眠れず、今日はのどの奥にまたもや引っかかるものを感じるようになり、水などを飲み込むと痛むようになった。食欲もなく、水とアップルジュース以外は、口にしたがらない。

激しい咳き込みと、おそらくは化学療法の副作用もあってか、今日はぐったりしている。肺の浸出液も、ここしばらく一五〇ミリリットルと少なめだったのに、今日は三五〇ミリリットル取れた。

昨日、主治医と会ってゆっくり話をした。マーカーの値一五〇〇で始めたのが、一回めの治療後で四〇〇〇前後にまで上がったということは、再開した化学療法は効いていないのだろうと言われた。せっかくあまりひどい副作用が出ずに済んでいても、効いていないのでは意味がない。それでも、すでにFOLFOXの二ラウンドめを火曜日の晩に始めたので、次のオプションは、二週間後に違う薬で化学療法を続行するか、もう治療はやめてホスピスケアに移行するかだと言われた。月曜日の胃カメラで、がんがすでに胃と食道全体に広がっていることが確認され、ほかにも肝臓やリンパ節にも転移していることを考えると、もう先はあまり長くないだろう、と(数か月の単位)。

少なくとも、入れたステントが効果を発揮してくれれば、口から食事ができるので(たとえ流動食だとしても)退院して自宅でケアできるが、もしこのまま嚥下《えんげ》困難が続くか痛みがひどくなるようなら、ステントは抜いて腸ろうになる。ここまで来たら、栄養の摂取はもはや重要課題ではないらしい。とにかくいかに痛みを軽減させ、少しでも楽に過ごさせてあげるかが最優先だ。化学療法を続けるためには、そこそこの体力が必要だが、このまま弱っていったら化学療法を続けるというオプションもなくなる。

退院して、うまく痛みや症状をコントロールできれば、少しでもQOLを維持しながら、彼女のしたいことをさせてあげることができる。それに、まだ奇跡の可能性も捨ててはいない。

今朝祈っているとき、「わたしの栄光は、癒やし以外のことを通しても現すことができる」と主に語られたように感じた。私は答えた。「わかっています。たとえば私たちがどのようにこの時を過ごし、乗り越えていくのかによっても、あなたのご栄光が現されることはわかっています。それでも、どうぞミホをあわれんでやってください。あなたが私たちにお与えになるものを、私は何でも受け入れますが、それでも私の願いを述べることを許してくださるならば、どうぞミホをあわれんでやってください」

一月三十日（土）

ミホは今、薬以外は何ものどを通らない状態。このままだと栄養失調で飢餓状態になってしまう（この段階ではあえて点滴で栄養を与えることはしないらしい）。なんとか口からスープなどを飲むことができますように。そのためにはのどのステントの痛みが和らぐことと、何か口にしたいという本人の意欲が必要だ。それらを主が与えてくださいますように。

二月二日（火）

結局どうしてもものを飲み込むことが難しいため、腸ろう（Ｊチューブ）をすることになった。腹部から直接小腸にチューブを挿入して、そこから栄養を摂取する。手術は明日。まず小さく切ってスコープを使いチューブを挿入できる場所を探し、もしちょうどいい場所が見つからなければ、そのまま開腹手術に切り替えるとのこと。

主治医は、治療はもう無理だと言う。FOLFOXとは違う薬を使えませんかと尋ねても、今のミホにはもう無理だと言う。そして治療は打ち切り、自宅に戻ってホスピスケアに切り替えることを提案されたのだが、今のままでは退院もままならない。早く退院させてあげたい。前回、五日間だけ退院できたときも、ミホは「やっぱり家はいい」と言っていた。病院だとどうしても寝たきりになりがちだけれど、家なら自然にもっと歩くし、ウィルソンもいるし……。

主治医は、ホスピスケアに切り替えて、自宅で死を迎えることを想定しているのだろうが、私と夫は、自宅に帰ることで気力と体力をもう一度つけて、改めて治療に向かえるようになれば、と思っている。ミホは、たとえ化学療法がどんなにつらくても、少なくとも現時点では、治療を諦めるつもりはない。私たちも一〇〇パーセント彼女の選択をサポートする（これについては、ミホははっきりと意思表示をした）。そのためにもＪチューブは必須。そして、ヒゼキヤにそうなさったように、神様がミホの命の日数を延ばしてくださることを祈っている。

先日は、うちの教会の牧会ケア専門牧師（ロニー牧師）と、私が前に行っていた教会の牧師夫妻（ミッチェル牧師）がお見舞いに来てくださり、それぞれミホのために祈ってくださった。ロニー牧師は、十九歳のときに交通事故で下半身不随になり、車いすを使っている。ミッチェル牧師は、私たち家族が以前行っていた教会の牧師で、今はうちの近所に住んでおられる。

また、病院のチャプレンも時々来て、お祈りしてくださっている。ミホ自身は、今やほとんど話ができない状態だけれど、訪問客があるときにはちゃんとわかるし、話を聞くことも、ある程度できている様子。先日、ボーイフレンドのマイケルのお母さんが来てくださったときは、目を閉じたまま、無言で涙を流していた。

でも、意識が朦朧としていてほとんど話もできないかと思えば、突然しっかりとした口調で、やけに理屈っぽいことを言うときもある。

例えばこの前は、「肺からドレナージしましょうね」と言ったら、「今日はもうやった」と言い張った。そばにいたマイケルが「やったのは昨日だよ、今日はまだだよ」と言うと、「マイケル、あなたは昨日ここに来なかったくせに、どうしてそんなことがわかるの！」

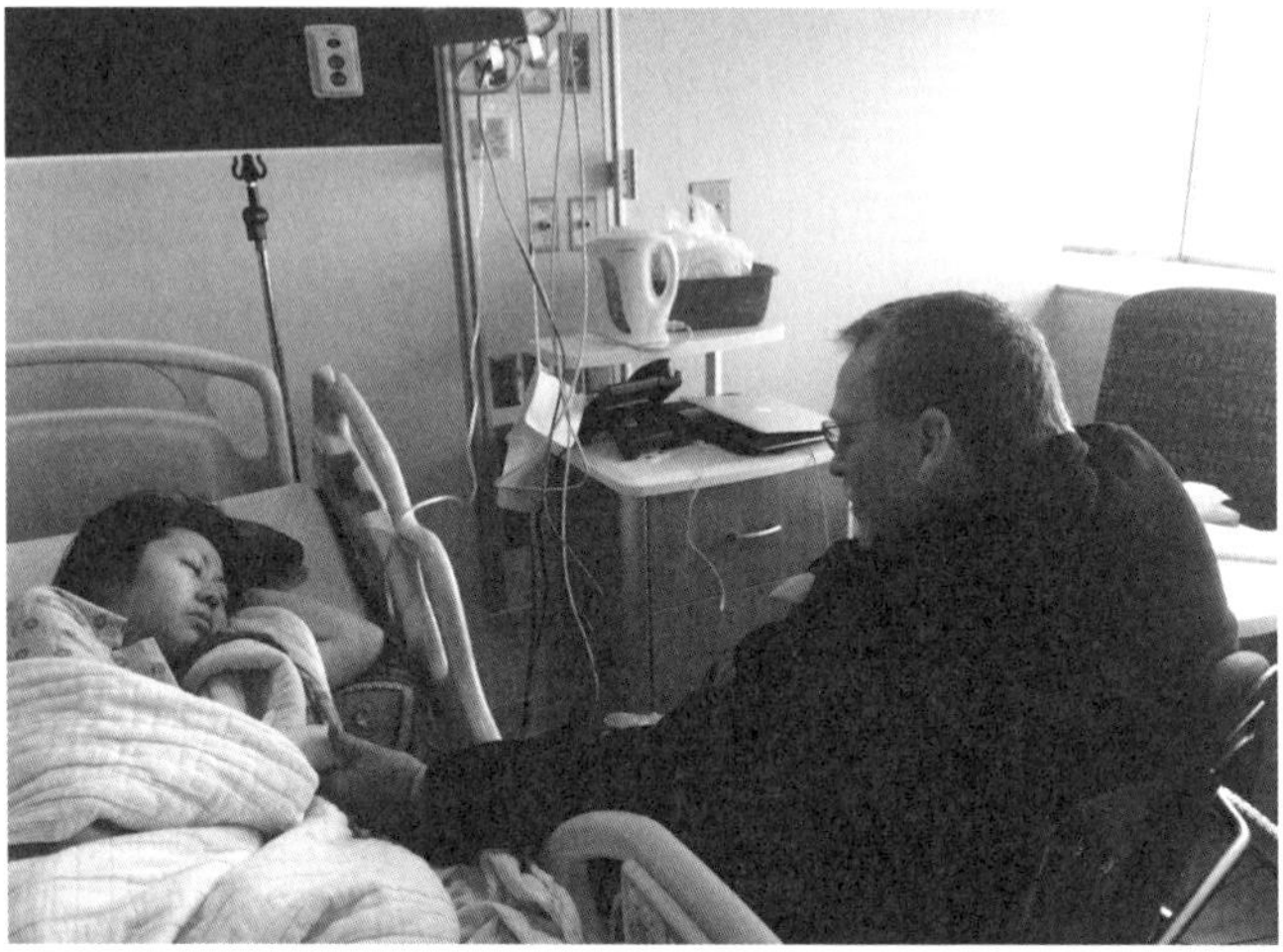

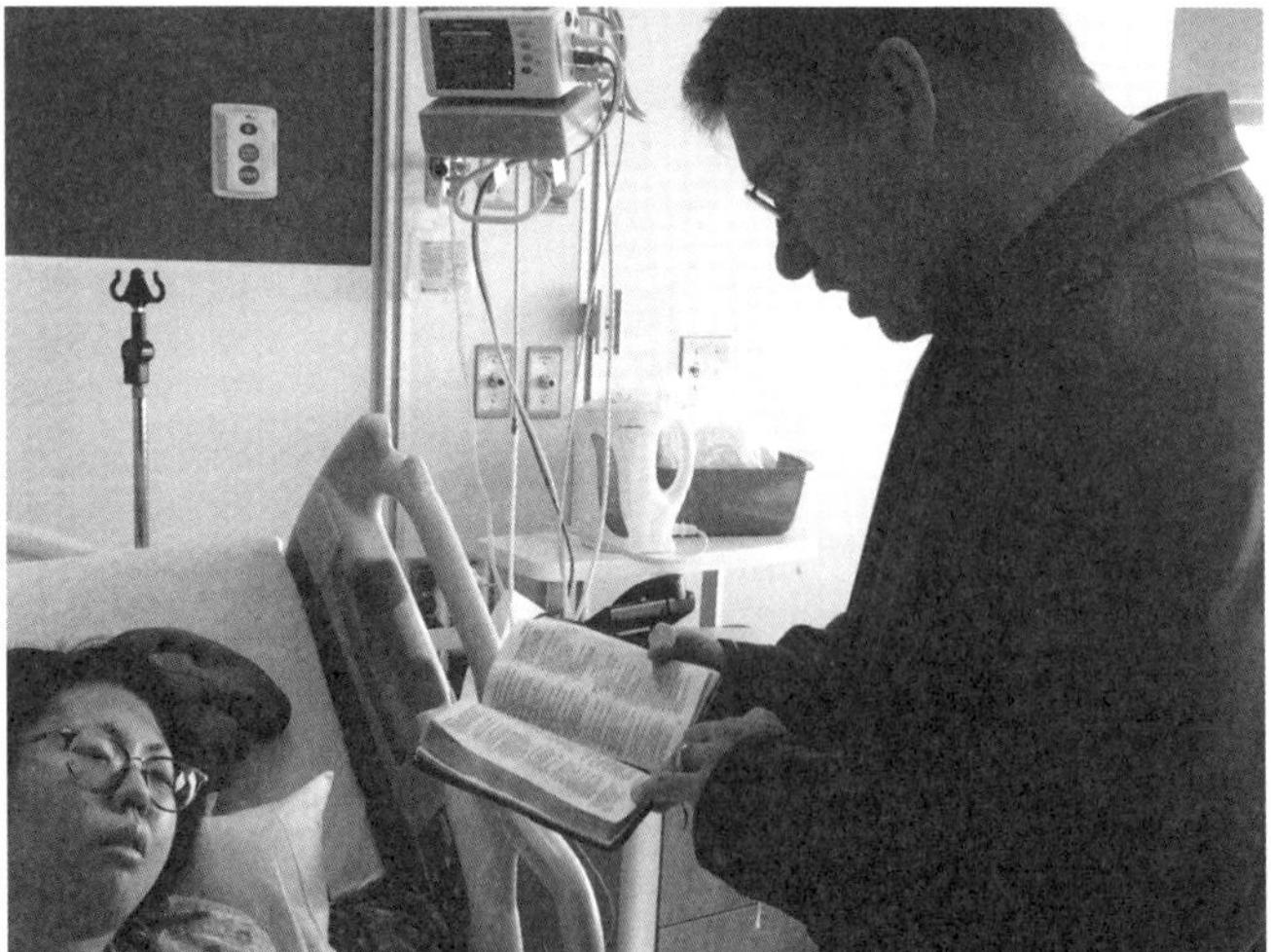

ロニー牧師（写真上）と、ミッチェル牧師

と言うので、私たちは思わず苦笑してしまった。

夕べは、夜中、ミホから謎のテキストが送られてきた。痛みにうなされながら、うわごとを言ったり、手が動いていろいろなことをしたりするのだが、無意識のうちにも携帯をいじってメッセージを送れるというのは、なかなかすごい気がする。現代っ子だからか。

昨日は、私の日本の母教会の家族が、私たちのために応援のメッセージのビデオを作って送ってくださった。懐かしい顔、顔……。ありがたくて、嬉しくて、涙が出た。遠く離れていても、いつも、ずっと私たち家族を祈りに覚えてくださっている主にある家族。海老名キリスト教会の皆さん、本当にどうもありがとうございます。また落ち着いたら、改めてお手紙を書きます。

お見舞いに来てくれる友人、食事の差し入れを持ってきてくれる友人、ずっと祈り続けていてくれる友人、そして、会ったこともないのに、私たちのために心を注いで祈ってくださる大勢の方たち。ミホの友人たち

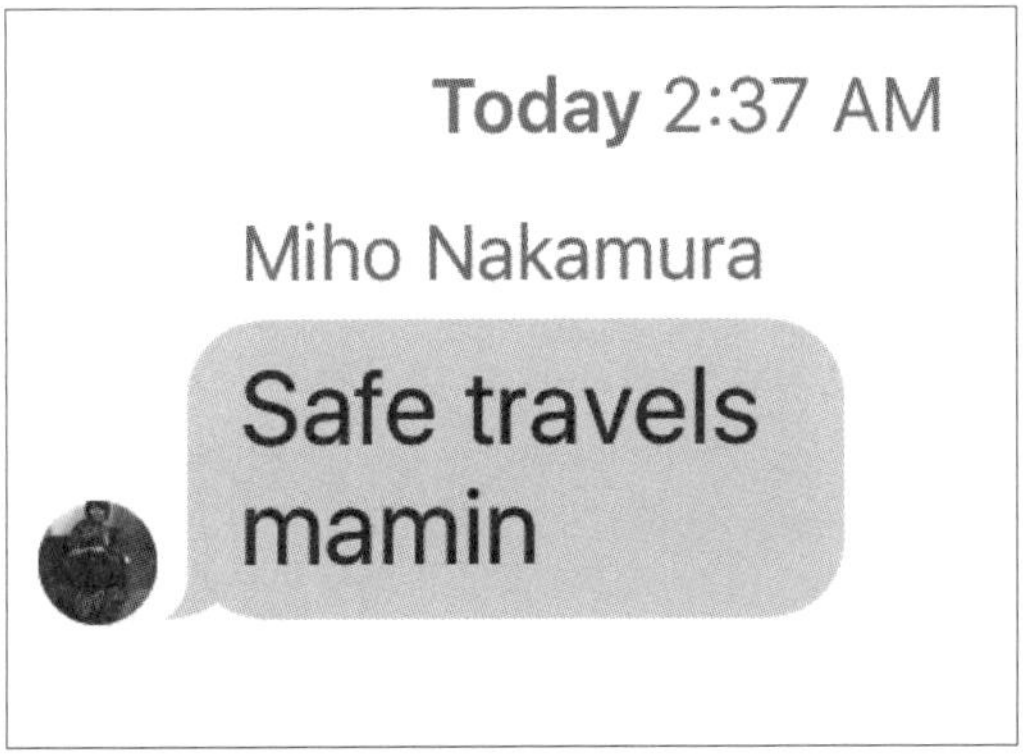
Today 2:37 AM
Miho Nakamura
Safe travels mamin

「運転に気をつけて、ママ」

や、高校時代の先生たちも、たくさんの励ましを送ってくださっている。

何と言って感謝したらいいのかわからない。ありがとうございます。本当にありがとうございます。皆さんの愛と祈りが、今の私たちを支えてくださっています。皆さんの愛は、そのまま神様の愛の具体的な現れです。皆様が私たちに示してくださっているその愛とあわれみと優しさのゆえに、愛であられる神様が、皆様に豊かに報いてくださいますように。

二月三日（水）

夕べ、なかなか寝つけないでいたら、突然、ある聖書のことばが頭に浮かんだ。
「あなたの手に善を行う力があるとき、求める者に、それを拒むな。あなたに財産があるとき、あなたの隣人に向かい、『去って、また来なさい。あす、あげよう』と言うな」（箴言三・二七〜二八　新改訳聖書第三版）
神様が私たちにそのようにおっしゃるならば、神様ご自身だって、その御手に善を行う力があるとき、求める者にそれを拒まないはずではないかしら？　と、ふと思った。それで、たいへん僭越《せんえつ》ながら、神様にそのように尋ねてみることにした。

主よ、あなたは全知全能の愛なる神です。すべての造り主であり、癒やし主であり、贖い主であられる神です。すべての善いものはあなたから出ます。すべてのリソースはあなたにあります。あなたの大いなる御名をほめたたえます。

あなたご自身が、箴言三章二七～二八節のことばをソロモンに言わせたのであれば、あなたもまた、求める者に拒むことなく、善を行ってくださるのだと思ってもよろしいでしょうか？　あなたご自身がこのように言われたことを、どうぞ思い出してください。お忘れにならないでください。

主よ、あなたは、アブラハムがソドムとゴモラのことでしつこくとりなしたとき、お心を変えてくださいました。あなたがイスラエルの民はうなじがこわいからもう一緒に行かないとおっしゃったとき、モーセが彼らのことであなたに懇願しましたら、あなたはお心を変えてくださいました。イザヤには、あなたご自身から、「さあ、来たれ。論じ合おう」「わたしに思い出させよ。共に論じ合おう。あなたのほうから述べ立てよ」とおっしゃいました。

ですから、僭越ながら私が申し上げることをどうぞお許しください。あなたご自身が私たちに、「あなたの手に善を行う力があるときに、求める者にそれを拒むな」とおっしゃったのですから、あなたもそのようにしてくださることを期待してもよろしいでしょうか？　主よ、どうぞお忘れにならないでください。

ああ、主よ、私はあなたのはしために過ぎない者ですのに、このような物言いをすることを、どうぞお許しください。主よ、私は決して、あなたが意地悪でミホを癒やさずにおられるのだとは思っていません。あなたが意地悪でミホが苦しみを通ることを放置しておられるのだとは思っていません。むしろ、あなたは今、ミホの痛みを共に担いつつ、ミホの手を握り、抱きしめていてくださっていることを知っています。あなたは私のことも、今、そのようにしてくださっているからです。

あなたがそのように私たちを支え、守ってくださっていればこそ、今私たちは、こうしていることができます。ミホも、苦しみの中でも、壊れることなく耐えることができています。私も夫も、日々支えられています。あなたが私たちを苦しみに遭わせているのではなく、むしろ敵が私たちを引きずり込むために行使しようとしている悪が、全力で私たちに臨むことがないよう、あなたが楯になってくださっているのです。主よ、感謝します。

あなたが善なる神であり、あわれみに満ちた優しい方であることを私は知っています。すべてはあなたの善い御手の中にあることを信頼しています。もしあなたが、何らかの理由で、ミホの体を今は癒やさないことを選ぶのであれば、そこには私たちの思いをはるかに超えたあなたの善なる御思いがあることを受け入れます。あなたの壮大なるストーリーの中で、ミホの命が特別な役割を担わせていただいているのだと受け入れます。そしてそのことを光栄に思い、感謝いたします。ああ主よ、私はただ、わがままを申し上げているのです。そんな私をどうぞお許しください。こんなにも守られているのに、なお願い事をするずうずうしい私を、どうぞお許しください。

主よ、あなたがミホの内蔵を造り、私の胎の中でミホを組み立てられたとき、あなたがミホをひそかに造られ、地の深いところで仕組まれたとき、あなたの目が胎児のミホを見られ、あなたの書物にすべてが書き記されたとき、あなたはミホが二十歳でがんになるようにご計画されたのでしょうか？　そんなことはないと信じています。このような忌むべき病があなたから出たものではないことを、私は知っています。

ああ主よ、あなたがミホのために持っておられるご計画を、どうぞ全うなさってください。あなたはミホに数多くのギフトをお与えになりました。それは、ミホがあなたのご栄光を輝かせるためではなかったのでしょうか。ああ主よ、もちろん彼女が、今、病床においてでさえ、その命のすべてをもってあなたのご栄光を現していることは知っています。あなたは、病の苦しみさえも、そのあわれみに満ちたまなざしで、あなたの愛を流れ出させるための機会へと変えてくださっています。実際、ミホの病を通して、私は驚くべきほどの多くの愛とあわれみが私たち家族に注がれるのを体験させていただいています。

ミホの病を通して、あなたはさらなる愛とあわれみと優しさを、この地上に生み出させたに違いありません。そのようなことは、ただあなただけができることです。あなたがこれらのことを通してすでになさっている多くの尊い、善いみわざを感謝します。ただあなたの御名だけがたたえられますように。あなたの御名だけがあがめられますように。

でも主よ、それでも、ミホが二十一歳でがんで取られることがあなたのもともとのご計画であったとは、私には思えません。私もまた、アブラハムのように、モーセのように、あなたに懇願することを許してください。ダビデも、バテ・シェバが生んだ子どもが病に陥ったとき、断固として癒やしを求めて祈り続けたように、私もまたあわれみを求めて祈り続けます。

主よ、あなたは癒やし主であられますが、癒やしの機械ではありません。私たちが何か特定のことを祈ったり、告白したり、行ったり、考えたりするなら癒やすし、そうでないなら癒やさないというような、自動販売機のような方ではありません。そのように考える人たちもいるようですが、私はあなたがそのようなお方ではないことを知っています。

主よ、人とは何者なのでしょう。あなたは私たちに目を留めてくださるのです。私が一体何者だからといって、全宇宙の造り主であるあなたに、こんなにも親しく自分の正直な思いをぶつけることが許されているのでしょうか。主よ、なんと驚くべきことでしょうか。あなたを愛しています。

ああ、主よ、ダビデの言ったとおりです。神よ。あなたの御思いを知るのはなんと難しいことでしょう。その総計は、なんと多いことでしょう。それを数えようとしても、それは砂よりも数多いのです。私もミホも、ただあなたと共にいます。あなたは私たちから決して離れることはありません。病も死も、私たちをあなたの愛から引き離すものは何もありません。何がどうなっても、It is well with my soul それは決して変わりません。

でも、だからといって、今私の心の中にある願い、またミホの中にある願いを飲み込む必要がないことも知っています。あなたが善いお方であればこそ、大胆にあなたの恵みの御座の前に出て、このような祈りをすることが許されていますことを感謝します。

二月四日（木）

Ｊチューブ（腸ろう）挿入の手術が、無事に終わった。開腹手術になることもなく、スコープを使って最小限の切開でチューブを入れることができた！　感謝！

チューブを挿入できたことが本当に嬉しい。だってもし挿入できなかったら、もうこのまま衰弱するのを見ているしかなかったのだから。小さな一歩かもしれないけれど、重要な一歩。心から神様に感謝。早速今日の午後から、チューブを使って少しずつ栄養の摂取を始め、二十四時間後には、目標の分量の栄養を摂れるようになるだろうとのこと。すばらしい！

しかも、昨日までは口から飲み込むのも非常に困難で、ミホはもうステントを外したいと言っていたのに、なぜかＪチューブの手術後から、飲み込むのにそれほど困難がなくなった。今朝は、私が持っていったスープを一杯飲むことができた。昨日までは水を一口飲むのも大変だったのに。のどが完全に詰まってしまうと、唾液が気管に入ったりして炎症を起こす危険もあるそうだし、口に食べ物を何も入れられないというのはかなりつらいので、ようやくステントが落ち着いてきたようでよかった。

そして、痛み止めがモルヒネからディラウディッドに変わった。そうしたら昨日までの意識混濁も格段によくなり、起きている間はかなり普通に話ができるようになった。さらに今朝は、なんと、廊下に少し散歩に行くこともできた！　廊下を歩いていたら、ナースたちが「おっ！　歩いているね！」と嬉しそうに声をかけてくれた。

あまりにも嬉しくて、今朝は病室に小さな祭壇を築いた（創世記一二・七～八参照）。神様に感謝を捧げ、神様がいつも共にいてくださるという約束を何度も思い起こすため。ああ、主よ、感謝いたします！

Jチューブも無事に入ったので、これからは帰

病室に築いた祭壇

宅に向けて備えていく。一日二日で帰宅できるようにはならないだろうけれど、来週中には帰れるのではないかと期待。

二月七日（日）

腸ろうが無事に装着され、うまくいけば土曜日には退院できると言われたものの、発熱し、感染症の疑いが出たため、退院は延期になった。今は抗生物質の点滴をしている。感染症といっても、命をおびやかされるようなものではなさそうで、とにかく抗生物質を使って落ち着くのを待つ感じ。これが落ち着けば、今度こそ退院。自宅でケアするためのナースも来てくれることになっている。

ようやくこの子の体に栄養が入り始めたと思うと嬉しい。入れるものは、栄養がバランスよく調合されたフォーミュラ（赤ちゃんが飲むミルクのようなもの）。これで栄養をつけて、体力が回復しますように。また、体の痛みのせいで夜よく休めないことも体力消耗につながっているので、夜ゆっくり眠ることができますように。今日は、おなかに痛みがあるのでこれから腹部のCTスキャンをする。昨日は、呼吸が浅く心拍数が高いので胸部のレントゲンを撮った。レントゲンは異常なし。心拍数が高いのは今日も続いている。そばにいると、彼女の苦しそうな息づかいに切なくなる。

ミホの看病で、霊的同伴のクラスを続けて休まざるを得ない状況になっているが、私のグループのリーダーがこんな引用を送ってくださった。

私は、何年も前にラビからこの祈りを学んだ。……ユダヤ教徒は神の御名を口にしなかった。しかし口とのどで神の名を呼吸していた。息を吸い込みながら「Yah」、吐きながら「weh」という具合に。呼吸することによって、神の御名を口にするのである。とすれば、私たちがこの世に入り、去って行くとき、最初のことばと最後のことばは神の御名だということになる。口を開け、舌をリラックスさせ、音節を呼吸する。「ヤー」で吸い込み、「ウェ」で吐く。黙想のとき、だいたい二十分くらいだろうか、この呼吸を基本とするとよい。まず、神の御前にいたい、神に自分の全存在、全意識を集中させたいというあなたの願いを意識するところから始める。そして、ゆっくりと、深く、自然に呼吸する。吸って、吐いて、「ヤー、ウェ」。音節をあまり意識しすぎず、沈黙の中に落ちていくように。もし何らかの思い、感情、感覚がやってきたら、ただそれがやってきたことだけを認め、そこにとどまらないようにする。そして、ただ「ヤー、ウェ」と呼吸することに戻ろう。何度となく注意がそがれるかもしれない。黙想している間中、何らかの感覚があなたの注意を引こうと騒ぎ立て、ちっとも集中できないかもしれない。観想とは、実にへりくだらされる修練である！　しかし、やって来る邪魔の一つひとつが、もう一度神の臨在の中に戻っていくための、新たなる機会なのだ。（リチャード・ローア）

ヤー、ウェ、ヤー、ウェ……。私の呼吸そのものが、主の御名を呼び求める声となる。呼吸しながら、神の御臨在の中に入っていく。

二月八日（月）

早ければ土曜日に退院と言われていたのが、一転して今朝から再びＩＣＵに移動になった。

数日前から微熱と呼吸困難があり、今のところ、肺炎（肺の外側の浸出液がたまっている部分の炎症）か、心嚢水《しんのうすい》が再びたまっている可能性があると言われた。左肺のカテーテルが詰まってしまい、ドレナージできなくなって浸出液が大量にたまっている。詰まりを溶かすための薬をカテーテルに入れ、少しずつ抜いているけれど、痛みがあるため一気ににはできない。何度も胸部や腹部のレントゲンを撮ったり、エコーをしたり。今は足に血栓ができていないかを調べるために、エコーで見ている。

Ｊチューブのほうはうまく機能しているようで、栄養の摂取が始まったことはとてもありがたい。

ミホはさすがにぐったりしていて、意識が朦朧としているときが多く、苦しそうに肩で息をしているのが見るからに痛々しい。感染症の疑いがあるため、ミホの病室に入る人は、全員が使い捨てのガウンとマスクと手袋を着用しなければならない。

ずっとずっと苦しくて、ずっとずっと痛みがあるのに、ミホは本当によく頑張っている。立派なファイターだ。自慢の娘。

二月九日（火）

夕べはなかなか大変だった。薬や痛みやその他の理由で、意識がかなり混濁・錯乱し（ＩＣＵせん妄と呼ばれるらしい）、ミホは何度かベッドからの脱走を試みた。そして私がいすで寝ているすきに、脱走に成功した。点滴などのチューブを引っこ抜き、ベッドから降り、もう少しで転ぶところを、ナースたちに見つかって助けられたそうだ。今朝は、ミホの「ママ！　ママ！」と叫ぶ声で目覚めた。起きたらミホの両腕がベッドにベルトでとめられていてびっくりした。そしてナースが来て、そういうことだったと教えてくれた。本人はもちろん怒っていて、「動けない！　外して！」と叫ぶ。

さらに今朝、私がちょっとコーヒーを買いに行っているすきにも、胸のチューブなどを外してベッドから抜け出そうとした（両腕を縛りつけられているのに！）。戻ってきたら、またナースにそう教えられ、再度びっくり。ミホはかんかんに怒っていて、「私がこのまま死んだらママのせいだ！」と叫ばれた。

でも、彼女のこの根性は頼もしい。弱っているはずなのに、すごい力でベルトを引きちぎろうとするのだから。神様が与えてくださったこの根性は、きっとミホがこの試練を乗り越えるのを助けてくれるだろう。


昨日の時点ではまだはっきりしていなかったのだが、結局、肺炎と、心嚢水の両方であることがわかった。肺のまわりの浸出液が感染しているそうで、抗生物質を投与し、感染した浸出液を抜き出すことで対応する。言ってもしょうがないことだけれど、実は数日前、私のいない間に、ナースが私に代わってミホの肺の浸出液をドレナージしてくれたことがあったのだ。それまでは私がずっと、感染症にならないよう細心の注意を払いながら行っていた。それなのにちょっと私がいなかったとき、たった一度、ナースが行ったあとにこういうことになってしまい、なんともくやしい。もちろん、本当にナースのせいなのかわからないので、ナースの責任だと言うつもりはないけれど。

ともあれ、感染してしまったせいでカテーテルが詰まったので、まず、詰まりを溶かす薬をカテーテルに入れ、それから二時間後にドレナージするというプロセスを、何度か繰り返す。

かわいそうなのは、このときとても痛むこと。ミホは幼子のように涙を流して痛がるので、本当につらい。ドクターも、かなりの量の鎮痛剤と抗不安剤を投与している。でも、ミホも頑張っている甲斐があって、肺炎はだんだんよくなってきているはずだと思う。心嚢水は、一時は再び手術して抜くはずだったものの、抜いても症状はそれほど変わらないと予測されるそうで、むしろ手術の負担や痛みのほうが大きくなる可能性があるため、今回はあえて何もしないことになった。

そして、それらの話のあと、緩和ケアのドクターから呼ばれた。ミホの状態は刻一刻と変化（悪い方へ）しており、このままでは、退院して自宅でホスピスケアというのももう無理だろうと言われた。私が「東海岸に家族がいるのですが、呼んだほうがいいでしょうか」と尋ねると、「来られるなら来てもらったほうがいいでしょう」との答え。

エミは、その話が出る前に自分のほうから、今週末はちょうど連休だから帰ると連絡をくれた。その後マヤからも、「春休みに帰るよう計画したほうがいい？」と連絡があった。「春休みまで待たず、帰れるときがあったらなるべく早いほうがいいかもしれない」と言うと、「じゃあ、私も今週末帰る」と。二人が帰ってきてくれると思うと、ものすごく心強く、嬉しい。

今朝は、八時前に、車いすを使っているロニー牧師が再びお見舞いに来てくださった。車いすの移動は大変だろうに、彼は実にフットワークが軽い。牧師がミホの手を握ってお祈りしてくださる間、ミホはそれまでわめいていたのにおとなしくなり、最後には「アーメン」と言っていた。でも、その後また、意味不明のことをいろいろ口走ったり、痛がったり、ベッドから下りたがって怒ったりしたので、私は牧師とは話もできず、ずっとミホにつきっきりだった。

その間牧師は、すぐに帰らず、部屋の隅からじっと私たちを見守っていてくださった。そうやって、同じ空間にいて見守ってくださるだけで、どれだけ慰められたことか……。無理に気のきいたことを言おうとしなくてもいい。それよりも、ただ同じ空間で、病室の同じ空気を感じて、私たちが今通っているものをそうやって見ていてくれるだけで、何よりも慰められる。

その後、昼近くには、前に行っていた教会で私たちがものすごくお世話になった方が、ひょっこり訪ねてきてくださった。私たちがシカゴに引っ越してきたばかりの頃、まだ二十代の若い夫婦だった私たちの親代わりのようになって、クリスマスや復活祭などの祭日のたびに私たち家族を家に招き、親戚のように面倒を見てくださったおじいちゃんだ。彼が入ってきたとき、私は思わず彼に抱きついて泣いてしまった。

彼もミホと話をし（ミホはあまりはっきり反応できなかったけれど）、力強く祈ってくださった。私と夫のためにも祈ってくださり、最後に三人で手をつないで主の祈りを祈った。

昼に夫と交替して家に帰ってきたとき、もしかしたら、ミホはもう二度とこの家に戻ってこられないのかもしれないと思ったら、そして、ウィルソンはもう二度とミホに会えないのかもしれないと思ったら、気が狂いそうに感じた。そしてしばらくウィルソンを抱きしめて泣いた。その後、薬局関係とおぼしき人から電話がかかってきて、「お嬢さんは退院なさいましたか？」と聞かれたので、「いいえ、肺炎になったのでまだです。今日はドクターに、もう家には帰れないかもしれないとも言われて……」と答えながら、電話口でまたもや泣いてしまった。彼女も困ったことだろう。

でも、とても優しく受け止めてくださり、顔も見えないこの人の優しい声に、妙に慰められた。そして、電話のあと、急に我に返ったというか、「泣いている場合じゃない、このままミホが二度と家に帰ってこられないなんてことがあってはならない！」と強く思った。心と体に力が注がれるのを感じた。ミホは絶対に家に帰ってくる。帰ってこさせる。

夕べ私が握ったミホの手は、柔らかく、温かく、弾力があって、ピンク色でツヤツヤしていた。この子の息があと数週間で取られるとはどうしても思えない。あの子の心はまだ強い。きっと乗り越える。きっと乗り越える。

ヤーウェ、主よ、あなたの息を、あの子に吹き込んでください。弱った体に力を注いでください。もう一度自分の足で立てるようにしてあげてください。ヤーウェ、主よ、いのちの神よ！

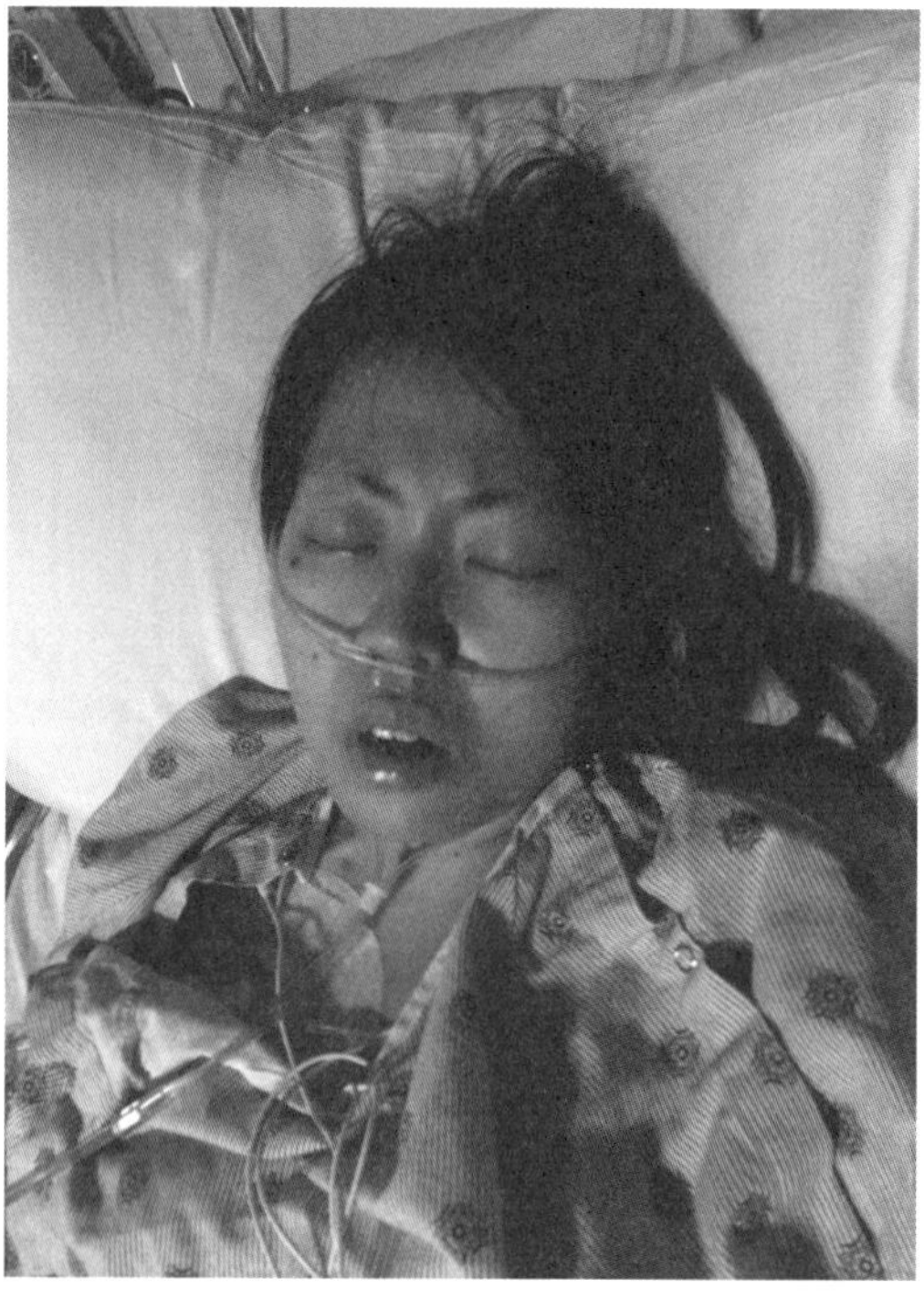

厳しい病状の中、必死に闘うミホ

二月十日（水）

ハレルヤ、今日のミホは、昨日、一昨日とはうって変わって、ずっと状態がよかった！皆さんの熱烈なお祈りのおかげです！

今朝ナースに聞いた話によると、明け方に排便があって、そのあとから落ち着いたらしい。ミホは尿道にカテーテルを入れられ、排便のときも寝たままで用を足すためのベッドパンというもの（寝たまま使うおまるのようなもの）を当てられていた。トイレを使うのにベッドから起き上がらなくていいようにという配慮だったらしいが、本人はそれがどうしても嫌だったようで、自分でトイレに行きたがっていた。

彼女があんなにベッドから抜け出したがっていたのも、トイレに行きたかったからなのかもしれない。それなのにナースや私に「チューブが入っているから大丈夫、そのままで平気」と言われ、あげくにはベッドに縛りつけられ、排便したくてもできず、それですっかり参ってしまったのだろう。でも、明け方ようやくベッドから下ろしてもらい、便座に座って用を足したら腹部の不快感も軽減されたのか、落ち着いて眠れたようだった。

そして、今日の日中の担当のナースが患者の尊厳を尊重しミホの気持ちを察してくださる方で、ミホが尿道のカテーテルは嫌だと言ったら、外してくれたのだ。尿道にカテーテルが入っていると、膀胱がずっと圧迫されて絶えず尿意があるらしいのだが、外してもらったおかげでそれもなくなり、今日は快適に休めたようだった。

そして、スポーツドリンクを二本飲み、少しおしゃべりもし、パパが送ってくれたウィルソンの写真を一緒に見て、「I love you!」と私にも言ってくれて、本当に、昨日までとは別人のようだった。嬉しい！ 今日は「灰の水曜日」（復活祭の四十六日前）だったので、夕方には病院のチャプレンが来てミホと私の額に灰を塗り、一緒に祈ってくださった。

夜の担当のナースは、昨日、一昨日と同じ人で、ミホを見て「違う患者の部屋に入ったかと思った！」と言って、ミホの状態がよいことに大喜びしてくれた。

そしてドクターは、この安定した状態があと数日続けば（そして、心臓のほうに問題が出なければ）、退院してもいいと言ってくださった！ ハレルヤ！ もちろん、退院と言っても、現時点ではそれは自宅でのホスピスケアを意味するのだけれど、神様にはどんなことでも可能だから。

二月十一日（土）

ある友人が、「ミホちゃんの心を死に向けて整えてあげたほうがいいのではないかという思いがずっと離れないので、それをシェアします」と、メールをくれた。それに対する私の返事。

　思いをシェアしてくれてありがとうね。

　ミホはもう心拍数がずっと高くて、ここ何か月もずっと高くて（寝ているときでも、普通の人が静かにしているときの倍の早さ）、昨日はドクターに、もしも心臓や肺がシャットダウンしたら、ミホの心臓はすでにとても弱っているので、心臓マッサージのような蘇生措置をしたらかえって危険なことになるのでお勧めできない、と言われました。蘇生措置をすることがかえって危険であるなら、そんなことはする意味がありません。「わかりました」と言って、そういう状況になった場合は延命や蘇生措置はせず、自然にまかせることに同意するという書類にサインしました。

　でも、今のミホの体はまだ、器具につながれているから生きているというわけではなく、弱々しいながらも自分の力で生きています。数日前は目もうつろになり、ろれつもまわらず、ああ、もうこれで終わりなのかと思いましたが、皆さんのお祈りのおかげでしょう、昨日の朝からガラリと変わり、いつものミホが戻ってきました。とは言え、弱々しいことには変わりなく、自分の足で立つこともおぼつかないのですが。

　今の私の願いは、とにかくもう一度自宅に連れて帰ってあげること、神様がミホを奇跡的に癒やすことを選ぶのでないなら、せめて自宅で息を引き取れるようにさせてあげること、でしょうか……。

ミホの命は、私はとっくに神様の手におゆだねしているのです。「私も、失うときには、失うのだ」（創世記四三・一四　新改訳第三版）

でもそれは、医療的にできる措置があるのにそれをせずにいるとか、本人の「生きたい」という意志を砕くことではありませんよね。

医師にもうこれ以上治療できないと告知されたときの、ミホの子どものような泣き声が脳裏から離れません。幼児のように声をあげて泣いたミホの泣き声が。その泣き声は、あの子が転んだからでもなく、失恋したからでもなく、受験に失敗したからでもなく、「あなたはもうすぐがんで死にます」と言われたから。我が子のそんな失意に満ちた泣き声を聞く日が来ようとは……。

そのときも、私がミホを抱きしめようとしたら、彼女は私を払いのけ、「触らないで！　向こうへ行ってて！」と言いました。一生の中で、あんなにつらい日はありませんでした。これは、ミホに拒絶されたからではなく、この「死の宣告」という悲しみと絶望を、私には彼女と一緒に負ってあげることができないという現実が、心に突き刺さったのです。

医師は「あなたはもう大人だから」と言ってミホに直接宣告したのですが（ミホも、

どうぞ言ってください、と言いましたし）、大人と言っても二十一歳です。この宣告は、彼女にとってどれほど残酷だったことか。いくらミホの苦しみを一緒に負ってあげたいと思っても、私が文字どおりに彼女の痛みを肩代わりし、彼女の代わりに死んであげることはできない……。

でも、だからこそイエス様が私の望みであり慰めです。イエス様は、どこまでもミホに寄り添い続けることができる。そればかりか、最終的には新しいからだも与えてくださる。ミホが、これから何がどうなろうとも、一人でそこを通っているのではないと知ることができますように。

今のミホは、理性においてはまだ自分の死の可能性を受け入れることはできていないと思います。でももはや、無理にそのことを受け入れさせようとは思いません。もし本人が、死について何か言ってきたら、そのときには話します。でも、本人が生きるつもりでいる限りは、私はその思いに寄り添うと決めたのです。

彼女を死に向けて整えたいという思いが私の中にあるとしたら、恐らくそれは、私自身の慰めのためでしょう。「彼女は整えられている」と思えるほうが、私は気持ちが楽になりますから。でも、私の気持ちを楽にすることは重要ではありません。重要なのは、彼女の命、彼女の気力、彼女の願いです。

私は（この件については）すでに神様に明け渡しているので、自分の気持ちが納得するようなかたちにしたいという願いはないのです。それは自分の願いを抑圧したり無視したりするという意味ではなく、それを手放して、神様のもとという安全な場所にお渡ししたということ。だから今は、ただミホの気持ちを優先させ、そのために私にできることを心を込めて行うだけです。

十二月半ばのまだ入院する前に、ミホとちょっと口論のようになってしまったことがありました。ミホが自分の苦しさを訴えて、すごく攻撃的なことを言ったことがあって、そのとき私は、「ママだって頑張っているのよ！」みたいに言ってしまったのです。そしたらミホは、「どうしてママは何でも自分のことにしてしまうの？」と抗議しました。それでハッとしました。確かにそうだ、と。実際にミホの痛みや気持ちを尊重し、それに寄り添うよりも、自分がどれだけ頑張っているか、自分が親としてどれだけ納得できることをしているか、そちらのほうが重要になっていた。つまり、自分に死ねていなかった。そのことに気づかせてもらえたのは、感謝なことでした。

ミホは寝ているとき、たくさんの寝言を言い、何かをするようにたくさん手を動かします。先日は、寝ながら何かを食べる仕草をものすごくリアルにしていたので、私が「イエス様と一緒に食べてるの？　イエス様と楽しくおしゃべりしてるの？」と声をかけると、ミホは寝ながら、「うん」と満足そうに答えました。

祈りのリクエストにも挙げているのですが、イエス様ご自身がミホの夢の中でミホに語り、イエス様の願うようにミホを整えてくださることを求めています。この地での命の日数が終わりに近づいているのであれば、イエス様がミホを次のステップへと手を取って連れて行ってくださることを信じています。

ゆだねることが、こんなに楽なことだとは（他の領域でも、これくらいゆだねられるといいのだけど！）。確かに、身体的にはきつい部分もありますが、皆さんが心配してくださっているほどには、精神的には多分そんなにこたえていないと思います。

もちろん、実際にこの子がこの地からいなくなってしまったら、間違いなく悲しくて、寂しくて、つらくて、いろんな思いが来ると思いますが……。でも今は、まだ私に与えられているミホの命を、一瞬一瞬慈しみ、楽しみたいのです。神様が私とミホに与えてくださっている、「今」という神聖な時間を、何者にも邪魔されることなく味わいたい……。私からミホへ、ミホから私への「存在という贈り物」を、お互いに充分に味わいたい……。そういう思いです。

私には、ミホをここまで育ててきた中で、親としてたくさんの後悔があります。うまくやってあげられなかったことがたくさんあった。後悔だらけです。でも、後悔があるという現実もまた、受け入れています。ただ主にあわれんでくださいと祈り、そのあわれみの中にとどまらせていただいています。

ケンのために祈っていてください。エミやマヤは、自分のサポートシステムをちゃんと持っているので、きっと大丈夫だと思いますが、十四歳の男の子は、自分の気持ちを外に出すこともあんまりないし……。彼が不安に陥ることなく、でも自分の気持ちに向き合って、（もしミホがもうすぐ取られるならば）主のあわれみの中でグリーフプロセスを通ることができますように。

いろいろ聞いてくれてありがとう。私は書くことでプロセスする人なので、聞いてもらえるのが何より慰めです。もちろん、皆さんのミホのための「執拗な」お祈りも感謝しています！

佐知

二月十二日（金）

ミホは、いよいよ今日の午後に退院して自宅に戻ることになった。数日前にはドクターにこのままでは退院は無理だと言われたのに、多くの祈りに支えられ、その翌日から容態が安定し始め、昨日、「明日には退院しましょう」と言われたのだ。嬉しい驚き！
今日の昼過ぎに、救急車で搬送されて帰宅する。

昨日の午後は、在宅ホスピスケアの会社の人と打ち合わせをした。ミホにとっては、治療の希望を持ち続けることが何より大事だというのが私と夫の共通した見解なので、彼女の前では「ホスピス」ということばは使わない。しかしとりあえずは治療を目的とするのでなく、痛みの緩和とミホが最大限に快適でいられるようにすることをいちばんのゴールとしてケアしていく。その上で、容態がよくなって体力が回復してくれれば、また治療を再開すればいい。

最初は二十四時間態勢でナースが来て付き添ってくれるらしい。容態が急変したら、病院へ行かなくても、医師がうちに来てくれるのだそうだ。自宅で容態の変化に対応できなければ、近所の病院にホスピス棟があって、そこに移動になるとのこと。

医療用ベッド、歩行器、ベッドサイドのトイレなど、ケアに必要なものはすべて用意してくれる。腸ろうのおかげで、食事も栄養の心配をせず本人が口にしたいと思うものを食べさせてあげることができる。自宅でケアできると思うと、嬉しい。今のミホには自力で階段を上るのは無理そうなので、リビングルームに医療用ベッドを置いて、そこをミホの部屋にする。

当初の予定では正午に退院のはずだったのが、午前中の検査で輸血が必要な状態であることがわかったため、退院を四時に延ばして輸血をした。それでも病院を出たのは結局夕方の六時二十分だった。今日は夫が病院に行って必要なことを処理し、途中でオヘア空港までマヤを迎えに行き、それからまた病院に戻ってミホの退院を見届け（ミホは救急車で搬送されたため）、それからマヤと一緒に帰ってきた。

一方私は、ずっと家に待機し、配達されるさまざまな医療器具や薬などを受け取る係。リビングルームの家具を少し動かして、そこにレンタルした医療用ベッドを設置。

輸血が必要だと聞いたときは心が沈んだが、帰ってきたミホは思ったよりずっと元気そうだった。病院にいたときはどうしてあんなに意識が混濁して、痛みがひどくて、うつろだったのだろう？　と不思議になるくらい、今のミホの全身状態はよい。よいとはいっても、足元はフラフラしているから歩行器を使わないと危ないし、いすにしばらく座っていると疲れてくるのでベッドに戻らざるを得なくなるし、酸素のチューブは鼻についているし、点滴で抗生物質を入れているし、Ｊチューブで栄養を摂っているしで、自分の好きに動き回れるわけではない。トイレもベッドサイドに設置した。でも痛みは、薬なしでも今

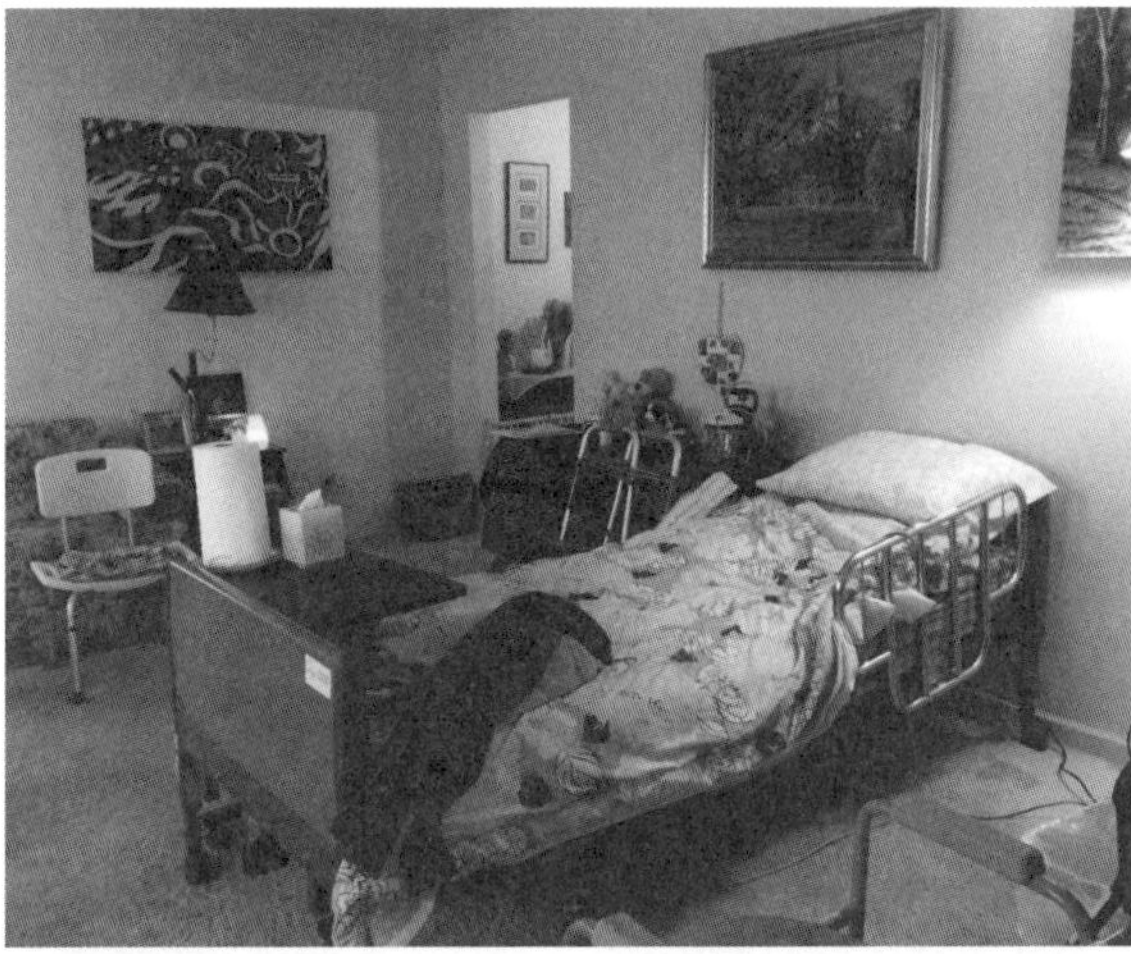

リビングをミホの部屋にした

のところそれほどひどくないみたい。感謝！

ケンもミホが帰ってきて、明らかに喜んでいる。昨日ケンに、「明日ミホが帰ってくるよ！」と言ったら露骨に喜んで、めずらしくやたらと饒舌になっていた。その数日前には、もう二度と帰ってこられないかもと言われて、すごく悲しくなっていたので、思ったよりずっと元気そうなお姉ちゃんが帰ってきて、彼も安心したのだと思う。よかった……。

これから、この状態がどれくらい続くのかはわからない。少しでも長く続きますように。一日一日が切ないほどに貴重。大切にできますように。私たちの願いに答えて、神様がくださった時間だから……。

二月十四日（日）

ミホが金曜日の晩に帰宅した。まず、ケースマネージャーと呼ばれるナース（RN・正看護師）が来て、病院からもらった情報をもとにミホのケアに必要な薬剤投与計画《レジメン》を設定。そして実際にケアにあたるナース（LPN・准看護師）は十二時間シフトで、最初の数日間は二十四時間ずっとミホについていてくれる（つまり、一日に二人のナースが交替で来てくれる）。しかし二十四時間態勢は最初の数日だけで、私はその間に薬の与え方やら、Ｊチューブの使い方やらいろんなことを教えてもらう。最終的には、ナースが来るのは週に数回だけになるそうだ。私が必要なことを覚えたら、あとは基本的に私が世話をすることになる。

ミホの世話をするのは喜びだけれど、今は覚えなければならないことがたくさんあって、ちょっぴり緊張する。いろいろ学ぶので、この二日間はかなり忙しかった。それでも、ミホが家にいるのは嬉しい。とても嬉しい。しかも今週末はエミとマヤも帰ってきてくれたので、久しぶりに家族六人が自宅にそろった。冬休みの間もミホはほとんど入院していたので、家族六人がそろったのはほんの数日だけだったし。

今朝は、教会へ行く代わりに家で短い家庭礼拝を持った。ミホは朝起きたとき、「今日

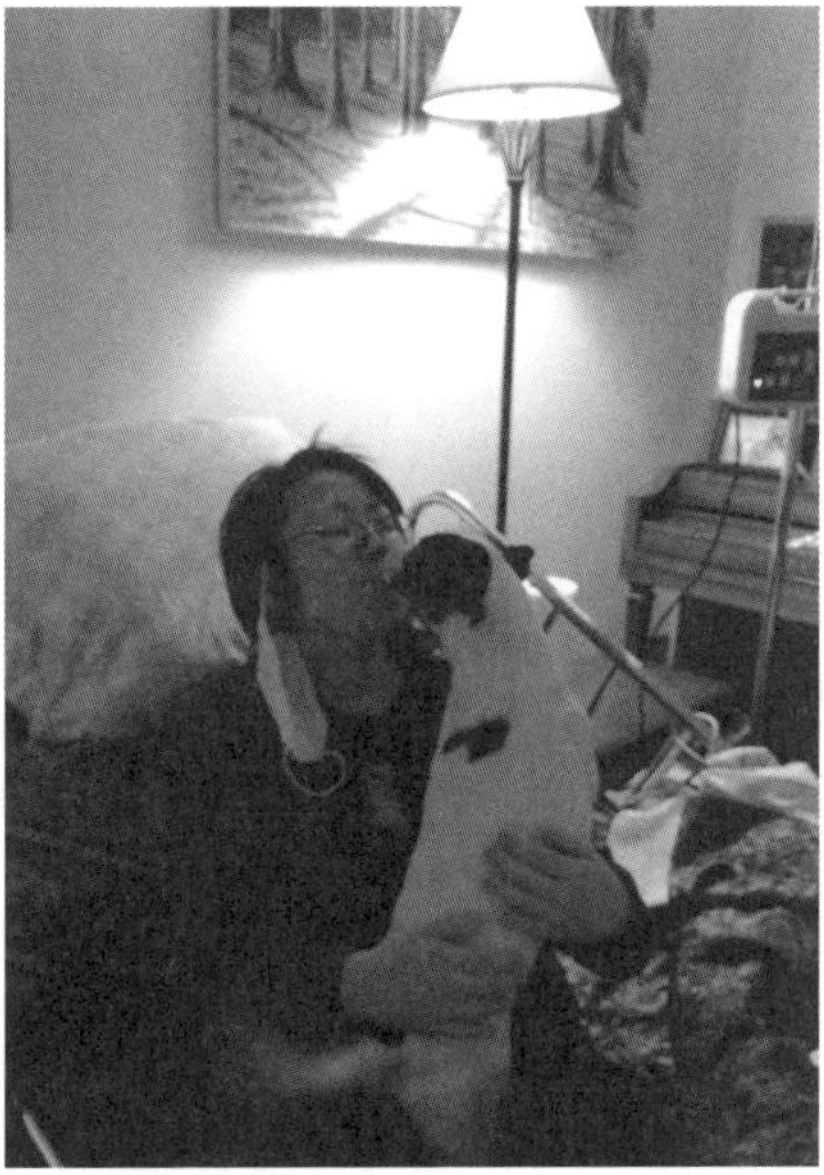

ミホの帰宅を喜ぶウィルソン

は家庭礼拝をするの？」と聞くので、「そうだよ」と言うと、「嬉しい。楽しみ！」と言った。何だか胸がキュンとした。

In Christ Alone（「わたしの望みは」）という讃美歌を歌い、ヨハネ十一章の前半を朗読。それからしばらく沈黙の時を持って、どこがいちばん心に響いたか、どんなことに気づいたか、などを各々思い巡らし、短く分かち合って、パパがちょっとお話しして、お祈り。

ミホは、ヨハネ十一章の前半でいちばん心に留まったのは、イエス様のあわれみ（コンパッション）だと言った。死んでしまったラザロをよみがえらせたイエス様の力とか権威

医療機器に囲まれた中での家庭礼拝

よりも、悲嘆の中にいる人たちを見て涙を流されたイエス様のあわれみが、いちばんミホの心に留まった……。それを聞いたとき、ああ、イエス様は確かにミホのそばにいてくださっている、ミホをその御腕の中に抱いていてくださっている、と感じた。

二月十五日（月）

昨日、今日と、娘たちの高校の演劇部の先生たちがミホのお見舞いに来てくださった。うちの娘たちは三人とも演劇をしていたので、この先生方にはたいへんお世話になった。卒業後もこうして気にかけてくださり、本当に何と言って感謝していいのかわからない。

また、今日は薬局で偶然ミホの友達のお母さんに会った。彼女はとても心配してくださっていて、もう一人のお友達のお母さんと、中村ファミリーのために何かしようとちょうど話していたのよ、と言ってくださった。彼女はものすごくやり手の人で、あれよあれよという間に手配して、明日から複数の人たちが持ち回りで夕食の配達をしてくださるという。驚くやら、ありがたいやら。

でもこの状態はいつまで続くのかわからないので、私が「どうぞ無理はしないでね。一週間に一～二回助けてもらえれば、それで充分ありがたいから」と言うと、「私たちは長丁場のつもりでいるから大丈夫よ」と。

さらに、長年使っている薬局なので薬剤師さんとも顔見知りになっていて、彼女にもミホのことを聞かれた。現状を話すと、カウンターの中から出てきて涙を流しながら私をギュッとハグしてくれた。「しっかりね。神様は天使たちを送ってくださるから」と。

また、今日はホスピスケアの会社から派遣されたチャプレンが来てくださったのだが、その人がなんと、マヤの親友のお父さんだった！　彼は牧師だと聞いていたけれど、まさかこんなかたちでお世話になるとは。

神様は、私たちを愛しケアしてく

先生たちと一緒に

れる味方を周囲に大勢送り込んでくださっている。こんな状況でも、私たち家族は愛のど真ん中に置かれている。主よ、ありがとうございます。

そして何より、退院してからのミホはかなり調子がいい。五週間の入院中には全部で七回もの手術を受けたので、がんによる疼痛だけでなく、手術による痛みもかなりあったのだろう。いつも鎮痛剤を欲しがっていた。でも今は、手術による痛みは一通りおさまったので、痛みのコントロールもしやすくなったのだと思う。以前のように激痛に悩まされることもなく、鎮痛剤を年中欲しがることもなくなった。普通に会話ができるのが嬉しい。ミホのほうから手を伸ばして私の手を握ってくれるのが嬉しい。お見舞い客が帰ったあと、私には「ママはまだ行かないで。隣に座っていて」と言って甘えてくれるのが嬉しい。「ママの作ったスープが飲みたい」と言ってくれるのが嬉しい。Ｊチューブ経由で薬の投与をして、ミホの体を楽にする処置を私がしてあげられるのが嬉しい。

肺のカテーテルからのドレナージも、今やすっかり慣れて、ミホと二人で手際よく処置することができる。ナースは、「お母さんはほかにもすることがたくさんあって大変ですから、やらなくていいですよ。私がやりますよ」と言ってくださる。でもこの作業は、私とミホの二人の儀式のようになっているので、「いいえ、私にやらせてください」とこちらからお願いしてやらせてもらっている。ドレナージするときの、その親密な時間が嬉しい。

二月十七日（水）

ミホが退院して自宅介護になってから、忙しい日々を過ごしている。病院から自宅介護への過渡期ということで、新しいことをいろいろ学んだり模索したりと、新しい生活パターンに慣れるまで少し時間がかかるかもしれない。でも、ミホが家にいるのは嬉しい。

ウィルソンもとっても幸せそう。何しろ、ミホの入院中は私がいつも留守だったので、ウィルソンは日中ずっと独りぼっちだった。でも今や私もミホもいるし、ナースまでいるのだから。もっともあの子は気が小さいので、ナースが来ると緊張するのか、最初は吠える。キャンキャン吠える。ミホのベッドの上に飛び乗って、「ボクのママに近づくな！」とばかりに吠える。ミホを守ろうとしているのだろうか（あるいは、自分が怖いからミホに守ってもら

ミホのベッドの上で

おうとしているのか?)。そして、ナースを警戒し、後をつけて背後からかかとを攻撃しようとする。

しかししばらくすると慣れてきて、仕事をしているナースのところに次から次へと自分のおもちゃを持っていき、遊んでもらおうとする。それに飽きると、ミホのベッドの上に乗り、ミホの足元でお昼寝。ママが帰ってきて幸せなウィルソンは、毎日がお祭り状態。


さて、退院してきた金曜日の晩から日曜日までは日中も夜もナースが来て、これはすごいと思っていたが、月曜日からは日中はCNA(認定看護助手)になった。CNAは、シーツを替えたりトイレを手伝ったりといった身の回りの世話はしてくれるけれど、薬の投与はできない。そのため、日中は私がミホに薬を与えることになる。先週のうちにナースから薬の与え方の特訓を受け、薬の名前と用途を覚え、どれをいつどれだけあげるのかを学んだ。

何しろ数が多いので大変。ミホは経口では飲み込めないため、なめて溶かすタイプ以外はすべてJチューブ経由。錠剤は砕いて水に溶かして、液状の薬はそのままシリンジ(針のついていない注射器)に入れて、Jチューブの注入口に差し込んで投与する。最初は失敗して薬をこぼしてしまったり、手順を間違えてあたふたしたりしていたが、昨日あたりからようやくだいぶ慣れてきた。

また、ミホのケアだけでなく、ホームホスピスケアというサービスそのものについても、いろいろ学んでいる。ナースだけでなく、チャプレン、ソーシャルワーカー、セラピスト、医師といった、かなり大所帯のチームが編成されていて、いろんな人がやってくる。昨日はソーシャルワーカーが来て、そういったことについていろいろ説明してくれたので、ようやく全貌がつかめてきた。

また、各種のボランティアの人たちもいる。歌を歌ってくれる人、髪の毛を洗ってくれる人、患者の話し相手になってくれる人、家族がちょっと買い物などに出られるよう、患者に付き添ってくれる人、家族に代わって犬を散歩に連れ出してくれる人など、希望のタイプのボランティアをリクエストしていいらしい。ホスピスケアだけれど、必ずしも患者が亡くなることを前提としているのでなく、症状が改善されればいつでも解約できますと、何度も念を押してくれるのも嬉しい。

ミホの容態は、退院してから目に見えて安定している。一週間前とは別人のようだ。あと数週間かもとドクターに言われたときは、目の前が真っ暗になったけれど、今のミホを見る限り、全然そんなことはないと思う。

今日は、お見舞いに来てくれた友達に、ミホが「I am happier every day（日毎に幸せが増していく）」と言っているのが聞こえた。ミホのベッドの上で幸せそうに寝ているウィルソンを見ると、本当によかったと思う。ただし、ウィルソンが興奮してミホのおなかの上に乗ってしまうことがあって、ミホのおなかにはJチューブがついていて痛いので、そうなるとウィルソンはミホにベッドから蹴落とされる。

夕べは三十八度以上の熱が出てドキッとさせられたが、数時間で平熱に下がった。まだ抗生物質を飲んでいるので、体が闘っているのだろう。寝汗がすごくて、一晩にシーツとパジャマを二回取り替えることもある。そんなときは、夜のシフトのナースがいてくれるのが本当にありがたい。私一人では到底ケアしきれないと思う。

二月十九日（金）

昨日、日本から千羽鶴が届いた。スタンド・ウィメンズ関係の方たちが中心になって作ってくださったもの。とても美しい。一羽一羽に祈りが込められている。

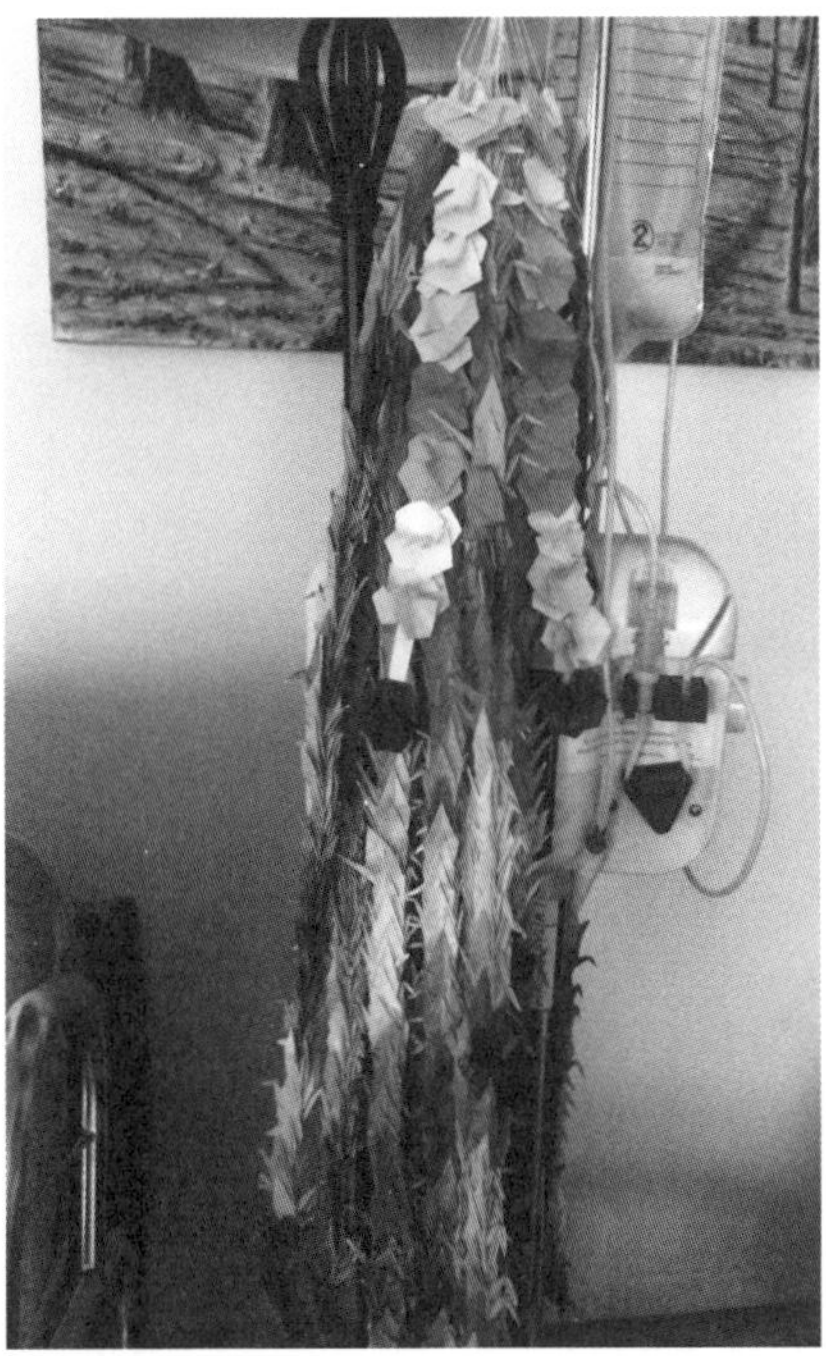

日本から送られてきた千羽鶴

ベッド脇のJチューブの台から下げてみた。ミホはお見舞いに来てくださる方たちに、嬉しそうに千羽鶴の意味を説明している。

二月二十日（土）

今朝は、ミホに朝の薬を投与しているとき、ちょっとした事件が起こった。

ミホの薬は口から飲むのは四種類だけで、残りはすべてJチューブ経由。錠剤はピル・クラッシャーというものでゴリゴリつぶして粉にして、水に溶かしてからJチューブに入れる。きれいに水に溶けてくれる錠剤もあれば、あまり溶けてくれない錠剤もある。薬を入れるときは、その前後に「フラッシュ」といって注射器一本分くらいの水を流す。錠剤を粉にして入れたあとは、たっぷりの水でフラッシュして、溶かした粉の粒がチューブの中に残ったままにならないように、ちゃんと小腸まで流し込まなくてはならない。腸ろうのJチューブは胃ろうのGチューブよりも細く詰まりやすいので、注意する必要がある。

今朝は、錠剤を粉にしたものを三種類続けざまに投与した。薬と薬の間はフラッシュしなくても大丈夫かと思って省いたら、三つめの薬を注入しているとき、途中でシリンジが動かなくなった。チューブが詰まったのだ。シリンジを抜いて、チューブの先についているパーツの外せる部分も外して、詰まりをなんとかしようと躍起になったが、流れてくれない。

今までずっと気をつけていたのに、今朝は私の考えがちょっと足りなかったばかりに、とうとう詰まらせてしまった。でも、ミホは事態に気づいても、悠々としてあわてない。私が、「どうしよう、チューブが詰まっちゃった」と言っても、ミホは「Keep trying（頑張って）」と平然としている。ここでミホにパニックを起こされたら私も頭に血がのぼってしまっただろうが、ミホが落ち着いていたので私もパニックにならずに済んだ。

私がJチューブと格闘していると、CNAが「どうしたの？」と聞いてくれた。「Jチューブが詰まってしまって……」「何の薬？」「制酸薬」「コーラある？　少量のコーラでフラッシュしたら、溶けるかもしれないわよ」

そこで、彼女のアドバイスに従い、コンビニにダッシュしてスプライトを買い、少量のスプライトで、祈りつつフラッシュしてみた。「神様、流れますように！」そうしたら、詰まりが溶けたのか、スッと流れた！　ハレルヤ！

ところが、感謝し、喜びつつ、残りの薬をもう一度投与しようとしたら、なんとまたもや詰まってしまった。ショック。再びスプライトでフラッシュを試みるも、今度はすぐには流れない。さすがに焦りを覚えたが、ミホは相変わらず平然としているので、私も深呼吸をして心の中で祈った。「神様、お願いします。詰まりを直してください！」それから、もう数回トライすると、ようやく流れた。心からホッとした。そして、今日はもう、その薬の残りを投与するのはやめた。制酸薬なので、投与しなかったからといって大した問題はあるまい。

今の私は、病院ならナースがするようなことを、にわか仕込みでミホのために行っている。もし私がヘマをしたら、ミホの命に関わるかもしれないのに。そう思うと恐ろしい。大きな重圧を感じる。でも今日、詰まったJチューブと格闘しているとき、ミホが私に「私とママは、一緒に闘っているんだね」と言ってくれた。それを聞い

ミホの隣に座ってくれる友人

て何だかとても励まされ、慰められた。ミホが自宅に戻ってきたことで、私は期せずして大変な役割を担ってしまったけれど、その責任の重さにもかかわらず、ミホの世話をさせてもらえることがやっぱり嬉しい。神様からのギフトなのだと思う。

今日は、ミホのお友達が二組、お見舞いに来てくれた。二組めのお友達が来たときは、ミホはちょうど疲れていたため、しばらく話したあと眠ってしまった。お友達は、眠っているミホのベッドサイドに三十分くらいずっと黙って座っていてくれた。ミホの寝顔をじっと見つめ、ただそこに座っていてくれた。なんて優しい友達だろう。このお友達の上に、神様の豊かな祝福がありますように。

二月二十四日（水）

今度はミホの肺のカテーテルの一つが詰まったため、それを直してもらうために日曜日から入院している。入院と言っても、ホームホスピスケアを受けているため、シカゴ大学の病院ではなく、近所の病院のホスピス棟。日曜日に胸部X線を撮り、月曜日に詰まりを直すための簡単な処置を受けた。それがまあまあ功を奏したようなので、明日の午後までには退院になるはず。
ここのナースたちも皆とても優しくて、ミホはすっかり人気者。明日退院できそうとなったら、ナースたちに「よかったね！でも、あなたが退院したら寂しくなるわ」と言われ、ありがたく思いながらも苦笑した。

日曜日の午後にはまたロニー牧師が、そして今日は、ケイシー牧師とチャズ牧師がお見舞いに来てくださった。今日のミホはわりと調子がよく、ろれつがあまり回っていなかったものの、かなりよくしゃべっていた。
また、近所に住む日本人のSさんも来てくださった。ミホがお赤飯を食べたがっていることを話したら、わざわざ作って持ってきてくださったのだ。

末期がんで意識が朦朧としてくることを「せん妄」と言うそうで、ミホは時々とてもと

ウィルソンもお見舞いに来たよ！

んちんかんなこと言う。寝ているのか目覚めているのか、行ったり来たりしている感じで、起きて話していると思ったら寝ぼけていたり、寝ぼけているのかと思ったら本気で話していたり。

ミホのボーイフレンドのマイケルは、そんなミホが愛しくてたまらない様子で、ミホのとんちんかんな発言に相槌を打ちつつ、額の汗を拭いたり、そっと抱きしめたり。

ちょっとボケているときのミホは、それはもうかわいらしい。自分でも寝言を言っているときとそうでないときの区別はついているようで、何か言ったからこちらが「えっ、なあに？」と聞き返すと、「何でもない。また寝言言っちゃった。

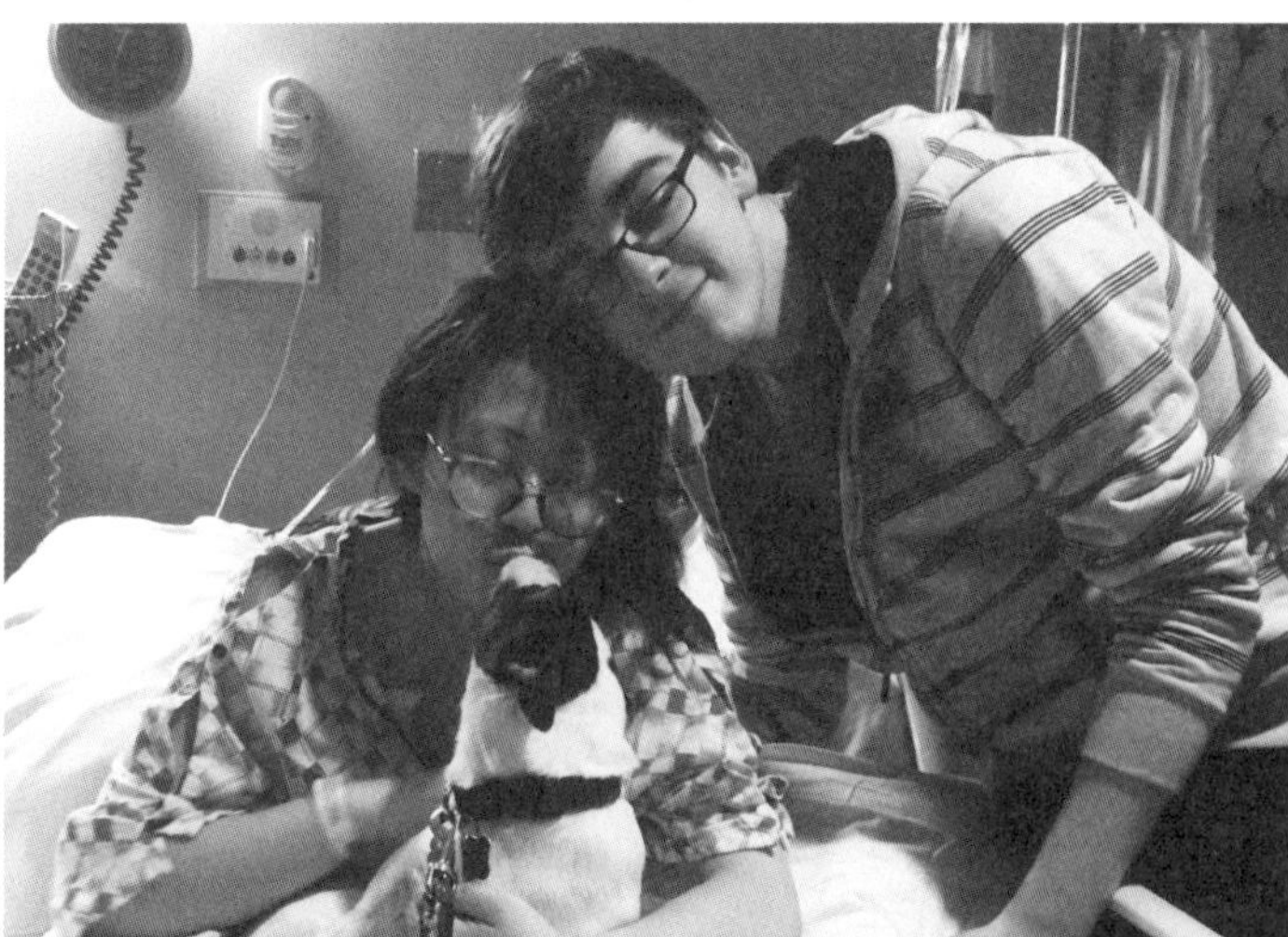

マイケルとウィルソンと。ホスピス棟には犬を連れてきてもいいらしい。

アハハ」と恥ずかしそうに笑う。それがまた愛らしいことこのうえない。

そして、何度も何度も私に感謝のことばを言う。「そばにずっと付き添ってくれてありがとう」とか「よく面倒見てくれてありがとう」とか。ナースもそんなミホに相好を崩して「なんて優しい子でしょう！」とデレデレする。こんなにかわいいと、介護も少しも苦にならない。

また、半分朦朧としているときのミホは、意外にもいろいろ日本語で話す。「オミズ、コボシチャッタ。ゴメンネ」とか、脇のリンパ節の腫れを触りながら「ケッコウ、オオキイネ」とか。お年寄りも、認知症になるとあとから覚えた言語は忘れて子どもの頃の言語に戻るという話を聞いたことがあるが、ミホの中ではやっぱり日本語が最初にインプットされていたのだろうか。

たくさんのうわ言を言い、何かをするように手をしきりと動かし、ハミングしたり、時々叫んだり、突然ベッドからむくりと起き上がり、私をじっと見て、真顔で「ママ、ちゃんと運動して、ストレッチして、健康に気をつけてよ」と言う。こんなときにも私の健康を気遣ってくれるなんて。

かわいくて、かわいくて、仕方がない。

二月二十六日（金）

突然の入院から帰宅すると、それまでは二十四時間態勢で来てくれていたナース（夜の准看護師と日中の看護助手）は、これからは来ないことになったと知らされた。ミホの容体が落ち着き、痛みをはじめとする諸症状がうまくコントロールされるようになったこと、そしてナースがいなくても、必要なことは私が全部できるとみなされたことが理由らしい。実際、Ｊチューブのポンプの操作、投薬、肺のカテーテルからのドレナージなど、ミホのケアにとりあえず必要なことは全部覚えて私一人でできるようになった。

そんなわけで、ナースのヘルプなしで、自分たちだけでミホをケアすることになった。昨日、今日とやってみた感じでは、不可能ではないものの、これがずっと続くとやっぱり大変そうだ。特に、夜は誰かがそばについていないといつ何が起こるかわからないので、私か夫がリビングのソファで寝ることになる。夫はまだＪチューブ経由での薬の投与の仕方を知らないので、彼にも覚えてもらわねば。なんとか上手に休息を取りながら、続けていくことができますように。

病院でチャプレンがこんなふうに言ってくださった。「人の人生とは、ただ長生きすればいいというものではありません。大切なのは、どれだけ長く生きるかではなく、神様からいただいた使命を、与えられた日数のうちでどれだけ果たすのかです。イエス様は三十三歳までしか生きませんでした。決して長生きしたとは言えません。それでも、イエス様は神から与えられた使命を、一〇〇パーセント全うしました。あなたのお嬢さんも、きっとお母さんの知らないところで、大勢の人の人生に触れてきたに違いありません。彼女とちょっと話しただけでも、意識があんな状態になっているときでさえも、彼女の性格が輝いているのがわかりました」

本当にそうだ。どんな命も、この地上での長さにかかわらず、神様から与えられた使命があるのだ。

しかしだからといって、癒やしを求めるのをやめようとも思わない。医学的に見て難しいからといって、癒やされないと決めつける必要はないはずだ。私の友人たちの多くも、あえて奇跡を求めて大胆に祈ってくださっている。

私自身の今の祈りのフォーカスは、癒やしそのものよりも、ミホの痛みや苦しみができる限り抑えられ、朝ごとに新しい神様の恵みとあわれみの中で平安のうちに過ごせるように、ミホも私たちも、この試練の中でもいろいろなところに散りばめられている神様からのギフトの一つひとつに気づき、目を留め、それらを通して現される神様の愛やあわれみや恵みを味わい、感動し、感謝できるように、また、ミホの家族や友人との時間が祝されるように、今回のことを通して神様のご栄光が現されますように、といったこと。私がそのように祈れるのも、ミホの癒やしのために奇跡を求めて祈ってくださっている、愛とあわれみに満ちた方たちが大勢いると知っているからだと思う。

娘の命が危機にさらされているという厳しい現実にもかかわらず、また、実際のケアは身体的にも時間的にも大きな負担となっているにもかかわらず、私たち家族はますます愛によって強く結ばれ、不安や恐怖にさらされることもなく、お互いの存在を感謝しながら一日一日を送っている。それだけで、私たちはすでに敵に勝っていると思う。

先日、こんなかわいいことがあった。ミホの額の汗を拭いてあげていたら、突然彼女がムクリと起き上がり、両手を前に差し伸べ、いきなり私の首のところからセーターの中に手を入れて、私の背中をポリポリとかいてくれた。私が、「ああ〜、気持ちいい〜」と言うと、ミホは「デショ？」そして、さらにポリポリ、「ああ〜、気持ちいい〜」「デショ？デショ、デショ？」そしてまた、ベッドにパタリと倒れ込み、寝てしまった。あんまりにもかわいくて、尊くて、時間よ、止まれ、と思ってしまった。

二月二十七日（土）

今夜はケンの高校でダンスパーティー。ケンにとっては初ダンスだ。姉が病気だからといって、ケンがこういう楽しいイベントに参加するのをやめる理由はない。ケンはおめかしをして、出かける前に姉のところに行って挨拶。ミホは調子はあまりよくなかったけれど、弟の晴れ姿を見て、うなずきつつ親指をあげてみせた（「かっこいいよ」という意味）。

今朝与えられた聖書の箇所。

「私が苦しみの中を歩いても
あなたは私を生かしてくださいます。
私の敵の怒りに向かって御手を伸ばし
あなたの右の手が私を救ってくださいます。
主は私のためにすべてを成し遂げてくださいます。
主よ　あなたの恵みはとこしえにあります。
あなたの御手のわざをやめないでください」（詩篇一三八・七〜八）

「主は私のためにすべてを　成し遂げてくださいます」の部分、ＥＳＶ訳では「The Lord will fulfill his purpose for me.（主は私の人生に対して持っておられるご自分の目的を遂げられる）」となっている。アーメン、アーメン。主は、ご自身がミホの人生に対して持っておられる目的を、自ら成し遂げてくださるのだ。たとえ苦しみの中を歩んでも、主はミホの命を生かしてくださる。

今日は、以前所属していた教会で一緒だったインド人の友人家族が、彼らが今通っている教会の牧師さんを連れて、ミホのために祈りに来てくれた。この家族の下の男の子がケンと同い年

おめかししたケンと

で、小さいときから仲がいいため、教会が変わってもずっとつながってきた。ミホの病気のこともとても気にかけてくださり、ミホの癒やしのために大胆に祈ってくれている。

祈り終えると牧師さんは一足先に帰り、友人家族は残った。そして、「インドにいる私の牧師にも祈ってもらうよう頼んであるので、これから電話します」と言って、その場でインドに電話。スピーカーフォンにしてみんなに聞こえるようにして牧師さんに祈っていただいた。インドのことば（ヒンディー語？）と英語と異言で祈っていたと思う。そして友人は、「インドに私の祈りのグループがあるのですが、彼らも毎週月曜日と水曜日の朝、ミホのために祈っています」と言った。

どうしてこんなに大勢の方たちが、しかもミホのことを直接知らない人たちが、ミホのためにそんなにも一生懸命祈ってくださるのか、正直、わからない。神様が、多くの方たちの心に祈りの思いを与えてくださっているとしか思えない。主がなさろうとしていることが、すべて成し遂げられますように。

それからもう一箇所、数日前から何度も心に浮かぶ聖書箇所がある。

「からだを殺しても、たましいを殺せない者たちを恐れてはいけません」（マタイ一〇・二八）

ミホは、せっかくのどに長いステントを入れて、流動食なら飲み込めるようになっていたのに、この数日のうちに、そのステントの上のほうにまたつかえを感じるようになってしまった。何かを飲み込もうとすると、吐きそうになる。声も出にくくなってきた。症状を見るなら、刻一刻と悪化している。しかし、私たちの目が、思いが、しっかりと神様に向けられている限り、敵が私たちにできることは、せいぜい体を殺すことだけ。どんなに私たちを苦しめても、私たちを神の愛から引き離すことはできないし、私たちのたましいを滅ぼすこともできない。たとえ体が殺されても、もともといつかは滅びるものだ。私たちには、いずれ朽ちることのない新しいからだが与えられると約束されている。だから私は敵（サタン）を恐れない。サタンに関わっているひまはない。むしろ、ただ主の前にひれ伏す。そして主の御名を崇め、主に感謝する。そしてダビデのように言うのだ。

「あなたの御手のわざをやめないでください！」

三月一日（火）

睡眠不足と疲れが限界に達しそうで、数日前に夫とけんかした。十二月末にミホが入院して以来、初めてのけんか。夫が夜中のミホの世話を担当したとき、その間にミホにあげた薬の時間をノートに記録してくれていなかったため、明け方に交替した私が、その薬をあげていないのかと思って、夫が投与した一時間後にもう一度あげてしまったのだ。呼吸を楽にするためのネブライザーだったので、大事に至るわけではなかったけれど、これが麻薬系の強い薬だったらと思ったらぞっとして、激しく怒ってしまった。私もかなり気が張っていたのだと思う。

今朝は、エミの高校時代のクラスメートのお母さんが、ミホのことを伝え聞いて、「お祈りしたい」と言って訪ねてきてくださった。私は直接面識のない人。びっくり。彼女も、力強く癒やしを求めて祈ってくださった。

お見舞いに来てくださる方たちは大抵、「思ったより元気そうでよかった」とおっしゃる。しかしミホは、お客さんがいらしているときは、実はものすごく頑張っているのだ。特にこの数日は痛みが強くなってきているようなのに、痛みがあっても我慢して笑顔を見せ、少しでも会話をしようと努力する。

昨日も、そうやってお祈りに来てくださった方と話していたが、お客さんが帰るや否や、「痛いよう」と言って、涙をポロポロ流して泣き出したので、びっくりしてしまった。本当はそんなにつらかったとは、気づかなかった。お祈りしてくださると言われると、つい見舞客を通してしまうのだけれど、ミホにはかわいそうなことをしていた。ごめんね、ミホ。もう、見舞い客にはしばらく遠慮していただくのがよさそうだ。

ミホの状況は、客観的に見たら明らかに厳しい。痛みは日々強まっている。痛みが緩和され、取り去られますように。痛みはおもに、背中、おなか、足、胸、のどだそうだ。足や背中を優しくさすってとよく頼まれる。がんの疼痛がどのようなものか私には見当もつかないが、とにかくミホの痛みが和らぎ、痛みにあえぐことなく日々を過ごすことができますように。イエス様が二〇〇〇年前にすでにミホの痛みをその身に受けてくださったことを感謝します。

三月三日（木）

エミもマヤも春休みで今週末に帰ってくる。エミは明日の晩、マヤは日曜日の午後。今夜はケンの高校のバンドのコンサートがあったので、看護助手の人にミホの付き添いに来てもらい、私と夫とで行ってくる予定だった。しかし、なぜか誰も来なかったので、夫一人で行ってもらった。夫が帰ってきてから、「ケンのソロがあったよ」と録音してくれたものを、ミホと一緒に聴いた。ミホはあまり反応がなかったけれど。

大学教員の夫は、学期末が近づき忙しくなってきたので、この数日はラップトップを持ってミホのいるリビングで仕事をしている。私も、特にミホの世話をしていないときも、同じ部屋で時間を過ごす。ウィルソンも私たちと一緒にいる。たとえ寝ているときでも、ミホを一人きりにしたくないから。

三月六日（日）

昨日（三月五日）午後十二時五十二分、私たちの愛するミホが、主のもとに召されました。最後の一日半は吐血を繰り返し、苦しい闘いでしたが、ミホは最後まで勇敢に闘い続けました。

簡単ですが、お祈りしてくださっていたみなさんにとりあえずご報告させていただきたいと思いました。またゆっくり、いろいろなことを分かち合わせていただくことになると思いますが、今は一言だけでお許しください。

第三章 最後の三十時間

神の御顔を見て、なおかつ生き続けることのできる人は
誰もいないと言われている。
それは、神の輝きを見て、なおかつ生き続けることはで
きないという意味だろうと、
私はずっと思っていた。
しかし友人が言った。きっと、神の悲しみを見て、
なおかつ生き続けることのできる人は誰もいないという
意味ではないか、と。
あるいはきっと、神の悲しみが神の輝きなのだろう、と。

ニコラス・ウォルターストーフ
『涙とともに見上げるとき～亡き子を偲ぶ哀歌』

ミホのこの地上での最後の約三十時間のことを記しておこうと思います。生々しい記述もありますが、ミホが生きて闘い抜いたことの証しなのであえて詳細も書き留めることにしました。これは、読んでいただくためという以上に、私自身のために書きました。

朝

三月四日金曜日の朝は、比較的穏やかだった。前の晩は、私がミホに付き添ってリビングのソファで寝ていた。夜中に何度か咳で苦しそうにしていたので、Jチューブ経由で薬を入れた。この晩はめずらしくトイレに行くと言わなかった。それまでは夜中に何度も起きて、ベッドサイドのトイレに座っていたのに。

ふだんの朝は、六時過ぎになると私はケンのお弁当を作る。そのとき黙ってキッチンに行くと、ミホは「ママ？　ママ？　どこにいるの？　何してるの？」と私を呼ぶので、あらかじめ、「ちょっとケンのお弁当を作ってくるからね。キッチンにいるから、必要があればいつでも呼んでね」と言う。そうするとミホは納得して「オーケー」と言う。ケンのお弁当を作って、朝ごはんを食べさせると、今度はケンを高校まで車で送っていく。そのときもミホに、「ちょっとケンを高校まで送ってくるからね。すぐに戻るからね」と言う。そうするとミホはうつらうつらしながら「オーケー」と言う。

ケンを送り届けて家に戻ると、今度はミホの朝の薬の時間。ただ、この日は金曜日だったけれどケンの高校はお休みだったため、私は朝から比較的ゆっくりミホのそばについていることができた。

お天気のいい朝で、今朝はすがすがしいなあ、と思いつつ薬の支度をした。ミホの症状は日がたつにつれて変化していたので、この頃には少し薬の数が減っていたけれど、それでも五種類を投薬。ベッドサイドのいすに座り、薬と水と小さなカップなどを用意し、シリンジに水を取ってまずフラッシュ。それから錠剤を砕いてよく溶かしてチ

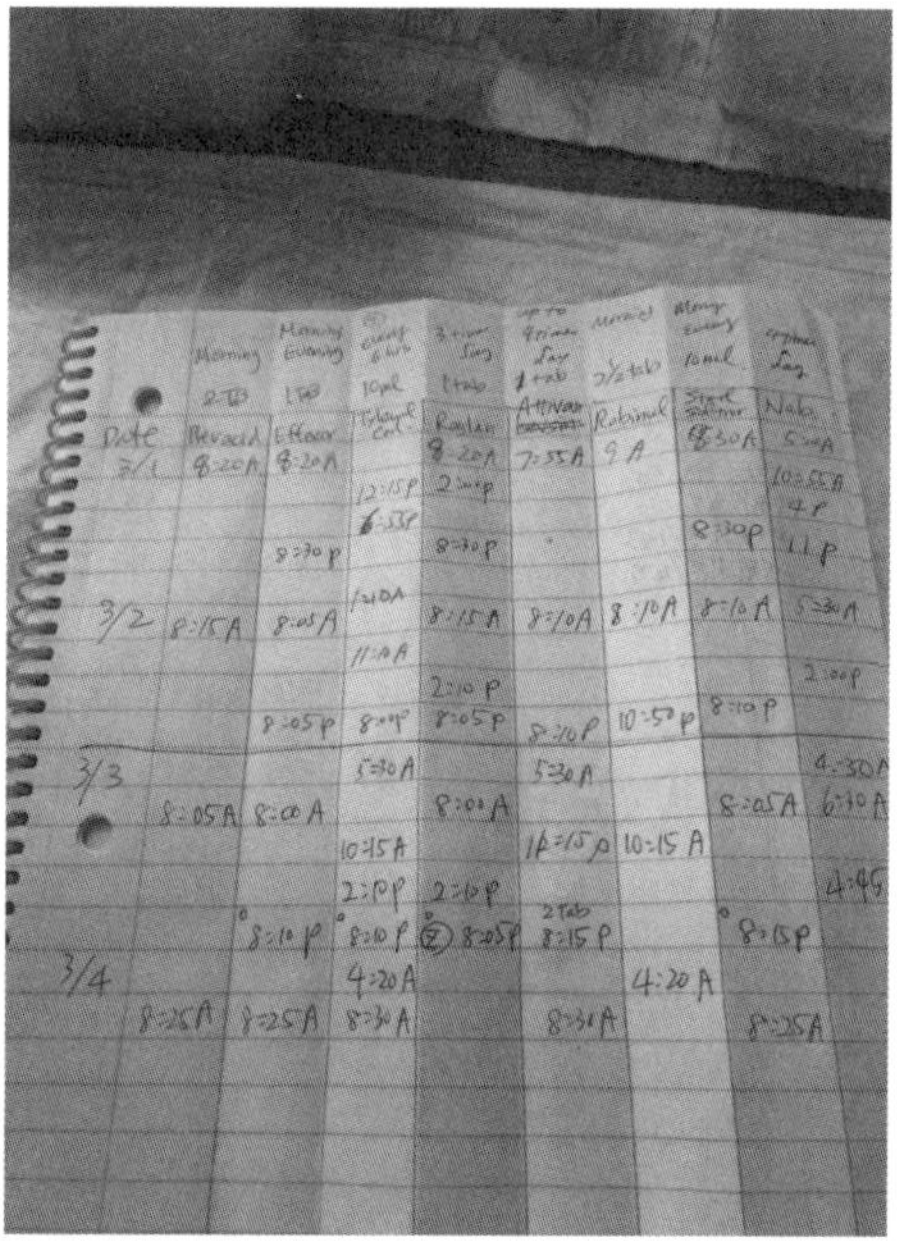

薬の種類が多く、投与する回数やタイミングが違うため、
ノートに記録していた。

ューブに注入。また少しフラッシュ。それから次の薬。また少しフラッシュ。もう三週間ほどこれをしていたので、すっかり慣れた手つきで薬を注入する私を見て、ミホは頼もしそうに言った。「こうしてママと一緒に作業していると、賢くなったような気がする（When I am working with you like this, I feel smarter）」

私はニコニコしながら答えた。「そう？　ママもミホと一緒にこうして頑張っていると、賢くなったように感じるよ」

吐血

薬が終わって一段落したところで、午前九時半頃だったろうか、電話が鳴った。イリノイ州の厚生局と提携している介護援助の派遣会社の人だった。こちらのニーズを聞いて、週に何日、何時間ナースやヘルパーを派遣したらいいかを確認するための電話だった。

電話で話している最中、ミホが背後で突然吐血した。私は慌てて、「すみません、娘が吐血したので、またあとでかけ直してください」と言って電話を切った。

ミホは、ベッドの上で体を起こし、もがきながらベッドから出ようとしていたので、体を支え、近くにあった嘔吐受け専用にしていたボウルを顔の前に当てた。ミホは激しく、大量に吐血した。受け損なった血が辺りにこぼれて、ミホの顔や胸元、手は血まみれになった。タオルとお湯がほしい。でも、今はミホの背中から手を離すわけにはいかない。そこで二階でまだ寝ているケンに、携帯で電話をして助けを求めた。

寝ぼけ眼で下りてきたケンは、異臭に鼻を覆った。「どうしたらいいの？」鼻から下を自分のTシャツで覆いながらケンが尋ねる。「洗面器にお湯を入れて、タオルを持ってきて」ミホは再び吐血した。

すぐに持ってきてくれたものの、ケンの表情はこわばっていた。無理もない。手伝ってほしかったけれど、十四歳の少年にとって血まみれのこの情景は厳しいかもしれない。トラウマになってはいけないと思い、「ありがとう、もう部屋に戻っていいよ」と言った。

ミホの顔や手をきれいに拭いて、Tシャツを着替えさせ、それから抱きかかえるようにしてベッドからアームチェアにミホを移動させた。酸素のチューブと痛み止めの点滴のチューブと、栄養を入れるJチューブがついているので、移動させるときは気をつけなければならない。アームチェアに大きなバスタオルを広げ、そこにミホを座らせると、ベッドシーツを取り替えた。それからホスピスの会社に電話をして状況を伝え、至急、正看護師《ナース》を送ってくれるよう頼んだ。

ナースは二十分くらいで来てくれた。彼女が到着した頃には、ミホはとりあえず落ち着いていたけれど、それでもぐったりしている様子を見て、ナースの表情が固くなった。前回の短い入院から戻ってきて以来、介護援助のCNA（看護助手）とLPN（准看護師）はもう来なくなっていたので、ずっと私と夫が二人でミホの面倒を見ていた。しかしナースは、少なくともこの週末の間はもう一度「継続的ケア」に戻しましょうと言った。継続的ケアだと、二十四時間態勢でCNAとLPNが交替で来てくれる。二人だけでケアするのは大変だったため、厚生局に頼んで援助を送ってもらうよう手配を始めていたけれど、ホスピス会社のナースたちが来てくれるなら勝手もわかっているし心強い。

天使たち

ナースとそういう相談をしていたら、玄関のベルが鳴った。先ほど電話で話していた介護援助派遣会社の職員、カーリンだった。ただならぬ気配を感じて駆けつけてくれたのだ。三人でミホの介護の態勢を整えるための相談をし、ナースがあちこちに電話をかけている間、カーリンと話していると、彼女は「ミホのケアは、ほかの人を派遣するのではなく私がやりましょう」と言った。私が「あなたはRN（正看護師）なのですか？」と聞くと、彼女は「はい、私はRNです。そして、クリスチャンです」と答えた。部屋のあちこちにあるみことばを見て、私たちがクリスチャンであるとわかってそのように言ったのだろう。

カーリンは続けて言った。「先ほどの電話のあと、神様から今すぐ行きなさいと言われているように感じたので駆けつけたのですが、ここに来てその理由がわかりました。神様はあなたがたと共におられます。私はキリストにあるあなたの姉妹です。ビジネスとしてではなく、姉妹として、あなたを手伝います」

そして、私の手を握りしめ、涙を流しながら祈ってくれた。週末はホスピス会社派遣のLPNたちが来るので、来週から彼女が自ら来てくれることになった。また、ホスピス会社から送られてくるLPNが到着するのはこの日の夜からだと知ると、「今日の日中、あなたを助けてくれる人を今から連れてきます。信頼できる人がいますから、大丈夫です」と言って去っていった。そしてそれからわずか三十分ほどで、ベッツィーという別の女性を連れて戻ってきた。カーリンは言った。「ベッツィーも熟練したナースで、しっかりしたクリスチャンです」

カーリンもベッツィーも、まったくの初対面であるにもかかわらず、驚くばかりの愛情とケアを見せてくれた。神様が送ってくださった人たちに違いない。ミホも多少落ち着いて、ベッツィーと話をできるくらいにはなっていた。

午後二時過ぎになり、先に駆けつけてくれたRNが「そろそろ帰りますね」と家を出たそのとき、ミホがまた激しく吐血した。ベッツィーがミホを支え、私はボウルとタオルを差し出し、それから外に飛び出して、ちょうど車に乗ろうしていたRNに助けを求めた。彼女はすぐに戻ってきて助けてくれた。胸のポートに挿している点滴の針を留めているテープの中にも血が入ってしまったため、そこも含めてもう一度ミホの体をきれいにした。そうやってきれいにしている最中にも、もう一度吐血。取り替えたばかりのTシャツとシーツがまた汚れてしまった。もし私一人だったら、どうしようもなかっただろう。しかし二人のプロが一緒にいてくれたので、心強かった。

それから私は仕事中の夫に電話して、今すぐ帰ってくるように頼んだ。そして、春休みで日曜日の午後に帰省予定のマヤにも連絡して、フライトを今夜か明日の朝に変更できないか尋ねた。マヤはすぐに対応し、翌朝いちばんのフライトを取り直してくれた。エミはもともとこの日の夕方にシカゴに到着することになっていた。

そうこうしているうちに、ミホは再び落ちついてきた。右側の肺のカテーテルからドレナージすると、この日も六〇〇ミリリットルの浸出液が取れた。うつらうつらしていたミホは、ふと目を開けると、辺りを不思議そうに見回してこう言った。「ここは、私たちが今行っている新しい教会なの？」私が「誰かが讃美歌を歌っているのが聞こえるの？」と尋ねると、ミホは「うん」と答えた。私とベッツィーは顔を見合わせた。「ミホは、今、神様の御臨在の中にいるんですね」その場がなんとも言えない平安に包まれた。

夕方

夕方になり、夜のLPNが来る時間になった。ベッツィーは帰る前に、もう一度私と手をつなぎ祈ってくれた。ミホもちゃんとそれを聞いていて、最後にアーメンと言った。

そのうちミホは眠りに落ちた。しかし、鼻に入れている酸素のチューブが不快らしく、いつの間にか自分で外している。酸素チューブを外すと、あっという間に血中の酸素濃度が危険なまでに下がってしまう。

病院と違って、ホスピスケアではそういったバイタルサインのモニターはしないので、私は脈拍と血中酸素濃度を自分で簡単に測れる器械をネットの通信販売で買って、ちょくちょくモニターしていた。本来なら九〇以上ないと危ないのに、このときは六〇台くらいに下がっていた。ところが酸素チューブを鼻に戻しても、ちっとも数値が上がらない。おかしいと思っていたら、なんと、チューブに酸素を送っていた酸素圧縮機がきちんと作動していないことがわかった。慌てて器具をレンタルしている会社に電話して、急いで修理に来てくださいと頼んだものの、「ほかにもやることがあるので、すぐには行けません」と言う。

こちらは命がかかっているので慌てたが、とりあえず非常用の酸素ボンベにつなぎ直して急場をしのいだ。しかし非常用なので、使い続ければ数時間で空になってしまう。今度はホスピス会社に連絡して事情を伝えると、待機中《オンコール》のRNが五分くらいで駆けつけてくれた。

それまでぐったりしていたミホは、そのRNを見ると、なぜか目をぱっちり開けて、かなり普通にあいさつをした。彼はミホのバイタルを測り、それから酸素圧縮機もとりあえず作動するように直してくれた。そして、もっとちゃんとした部品と取り替えましょうと言って、いったん帰っていった。

その頃にはエミも帰宅していた。その晩も、知らない人が私たちのためにディナーを作って持ってきてくれた。エミが帰ってきて嬉しかったのか、ケンもめずらしく少しミホの部屋（リビング）で過ごした。ケンは、高校の来年のバンドのオーディションが激戦だという話をミホにした。するとミホは、あまりろれつの回らない口調で、でもはっきりとわかるように、「頑張って。ケンならできるよ。I'm believing in you」と言った（これがミホからケンへの、最後のことばとなった）。

また、ミホは最後まで学校のことを心配していて、その晩も私に、「明日学校に行けるかわからない。具合が悪い」と言った。もちろん意識が半分混濁しているからそんなことを言うので、私は「大丈夫よ、さっき学校から電話がかかってきて、明日はキャンセルになったって言ってたから。だから心配しないで平気よ」と言うと、ミホは「そのボイスメールを聞きたい」と切り返す。ちょっと焦りつつ、「その電話はママが直接出て話したから、ボイスメールは残ってないの」と言うと、今度は、「どこの学校？」私がとっさにミホが卒業した高校の名前を言うと、ミホは「私はもう高校生じゃないよ！」。朦朧としているくせに、なぜ突っ込みだけは鋭いのか。私は笑ってごまかした。ミホは突っ込むだけ突っ込むと、また眠ってしまった。

夜

ミホは浅くて早い呼吸をしながら眠りに落ちたり、ふと目覚めて何か言ったり、時には苦しそうに悲鳴をあげたりしていた。エミは、「今夜は私もここで寝るから」と、ソファの上に毛布を広げていた。私は十一時くらいまでは起きていたけれど、その晩は夫に任せてもう寝ることにした。夫は今学期教えているクラスの最後の授業と期末試験がまだ残っていたため、リビングでラップトップを広げ、ミホのそばで仕事をしていた。この時点でのミホは、ずいぶん落ち着いているように見えた。

とは言え、ベッドに入ってもすぐには眠れない。階下からはミホの苦しそうな息づかいとうめき声が聞こえてくる。毎晩そうなので、この息づかいを聞きながら眠ることに慣れてきてはいたものの、やはり気になる。それでも、どうやらいつの間にか私も眠りに落ちたようだった。

夜中

しかし、長くは続かなかった。夜中の一時過ぎだったろうか、ミホの叫び声で目が覚め、私は飛び起きた。「Help me! Help me!」ミホが幻覚を見ているときの叫び声だ。リビングに駆けつけると、夜になってから来たＬＰＮと、バイトが終わってから来てくれたマイケルが、吐血したミホを介抱していた。夫は血で汚れたタオルを握って右往左往していた。

私はすぐに洗面器にお湯をくみ、きれいなタオルでミホの顔を拭いた。ミホはベッドから逃げようとしてもがいた。「Help me! Please stop! Please stop!」力を振り絞ってミホが叫ぶ。私とＬＰＮがミホを押さえようとすると、ものすごい力で押し返し、私の髪の毛をつかむ。

私はミホの肩を抱きしめ、「大丈夫よ。パパもママもマイケルもここにいるよ。怖い人は誰もいないから、大丈夫。安心して！」するとミホは力を緩め、息も絶え絶えに「Okay……」と言い、私の腕の中に体を預けた。

ベッドから下りかけていたミホを、三人がかりでもう一度ベッドに寝かし、ミホがベッドに寝ている状態で、シーツを取り替えた。シーツを取り替えるためにはミホの体を寝かしたまま転がすように傾けなくてはならず、ミホはそれが苦しかったのか再び叫んだ。ようやくシーツを取り替え、Tシャツも着替えさせると、マイケルが優しくミホの頭を両手で包み、自分の額をミホの額に当て「大丈夫だよ、大丈夫だよ」とささやいていた。そして、スポンジを水に浸して、血にまみれて黒くなっていたミホの口の中や唇や歯をきれいにしてくれた。

「これからスポンジで口をきれいにするからね。口に何か入るけど、驚かないで。大丈夫だよ。きれいにするだけだからね」

このときのミホは髪の毛は振り乱しているし、口元は血で赤黒くなっているしで、かなりインパクトのある外見になっていた。加えて、まだ血がのどにたまっているのか、呼吸するたびにうがいをするような音を立てながら肩で息をしている。しかも、目は焦点が合わず、うつろに宙をにらんでいる。そんなミホを、マイケルは愛情深く、さも愛しそうに見つめ、頭をなでてくれるのだ。

ようやくミホが落ち着いて眠りに落ちると、マイケルは、「では僕はそろそろ帰ります」と帰っていった。夜中の二時半頃だったろうか。ミホも寝たので、私はその晩はもう大丈夫かと思い、再び二階の寝室に戻った。しかし、ミホは寝たとは言っても、荒い息づかいは聞こえてくる。私はもう眠れなかった。

やはりミホのそばに付き添おうと思ったそのとき、再びミホの悲鳴が聞こえた。私は飛び起きてリビングに駆け込んだ。ミホが叫びながら上体を起こし、口を押さえている。私はベッドサイドに置いてある嘔吐受けのボウルをすぐにつかんでミホの口もとに当てた。ナースもベッドの

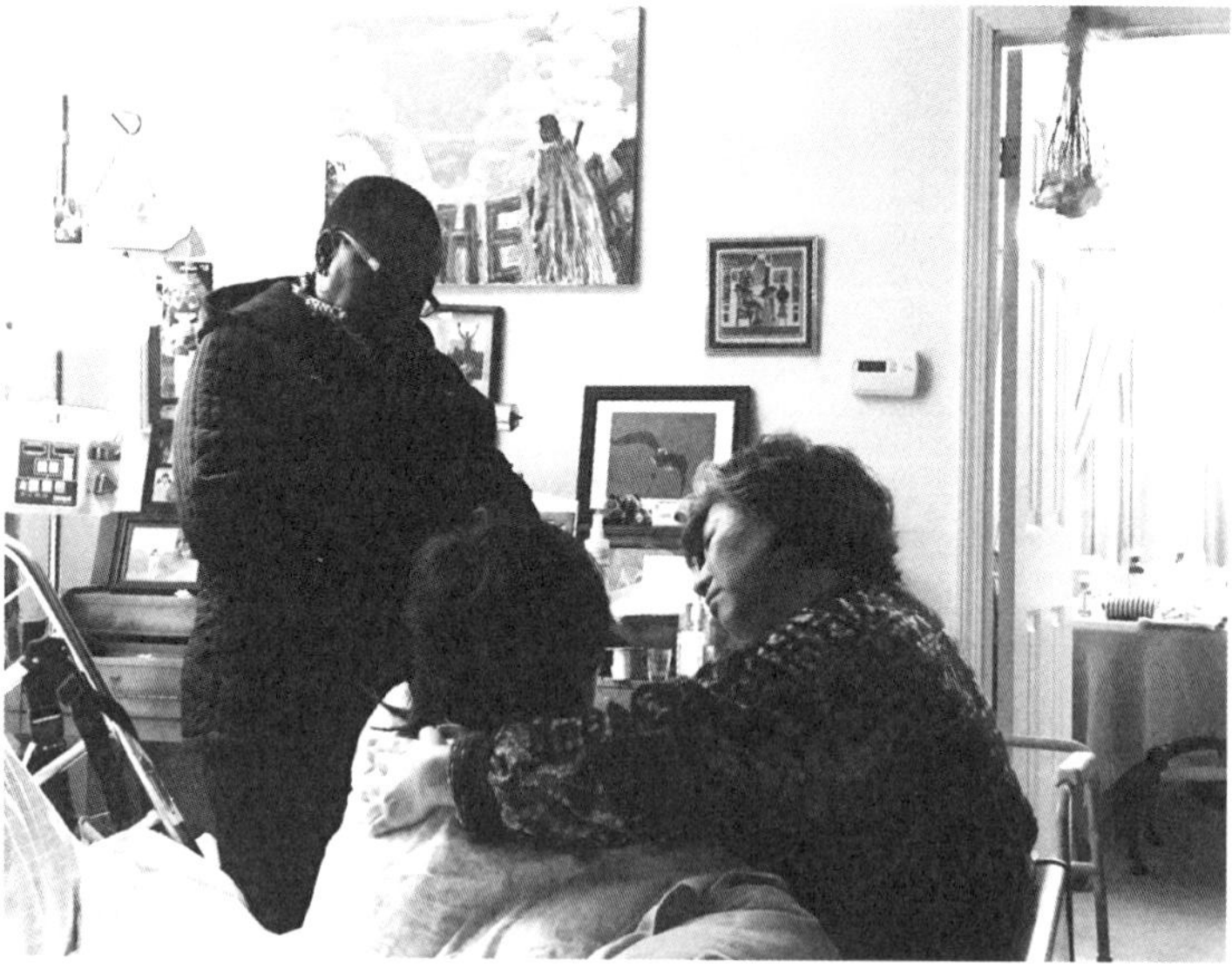

左右２枚とも、夫がいつの間にか撮っていた写真。タイムスタンプは 3:43am だった。

反対側に立ってタオルをミホに当てている。しかし吐血量が多く、勢いも激しいのでどうしても飛び散る。二時間前と同じことの繰り返しだ。「Help me, please stop!」叫びながらベッドから逃げ出そうとするミホを抱きしめるように押さえ、「大丈夫よ、パパもママもここにいるよ。イエス様もミホの手を握っているよ。悪い人は誰もここにいないから、大丈夫よ」と落ち着かせた。

しかしミホは、なおもベッドから起き上がろうとする。「どうしたの？トイレを使いたいの？」ミホは簡易トイレの腕もたれをつかんで立ち上がろうとした。これまでのミホは、弱っているとはいえ、支えてあげれ

ばまだ自分の足で立つことができた。しかしこのときは、立ち上がろうとしたとたん、足元からくずおれるようにしてベッドの脇に倒れこんだ。私とナースと夫の三人がかりで持ち上げようとしたが、重い！　腕を引っぱったりしたら抜けてしまいそうで、なんとかミホの体の下に私たちの手を入れて、一、二の三で持ち上げてベッドに寝かせた。

くずおれたときのミホの表情が、大きく見開いた目の、視線が宙を泳いでいたその表情が、私の脳裏に焼きついている。ミホの死が近づいていることを覚悟した瞬間だった。絶望が私を覆った。私は心の中で叫んでいた。

「わが神、わが神、なぜ私とミホをお見捨てになったのですか？」

がんになっても助かる人はいる。完治しなくても、がんと共存しながら長生きする人もいる。死ぬにしても、安らかに眠るように亡くなる人もいる。それなのに、なぜミホは、二十一歳の若さで、がんの診断を受けてから一年もたたないうちに、しかもこんなに苦しみながら、死に向かって突き進んでいるのですか？

あんなに大勢の人たちが世界中で祈ってくださっているのに、癒やしを確信し、ひれ伏して祈っていたのに、なぜこうなってしまうのですか？　私たちの祈りは、あなたの御前に何の意味もなかったのですか？　My God, my God, why have you forsaken us!?

しかしそのとき、私たちの苦しみが、十字架上のイエスの苦しみの中に包み込まれ、御父に見放されたかのように感じる苦しみの中で、愛するイエス様と一つにされたような気持ちになった。そして、イエスを見下ろしておられた御父の愛と苦悩に満ちた視線が、私たちの上にも同じように注がれ、イエスのためにきっと流されたであろう御父の涙が、私たちのためにも流されているように感じた。

そう感じたとき、私は気を取り直して、とにかくまだ生きて頑張っているミホに私の全身全霊を傾けようと思った。数時間前と同じように、ミホをベッドに寝かせ、シーツとTシャツ、枕と枕カバーを取り替え、少しでもミホが楽になるような姿勢を取らせる……。ミホは入院する前からずっとパパの大判のTシャツをパジャマ代わりに着ていた。ミホは子どもの頃から、パパのシャツが大好きだったのだ。

明け方

この頃になると、ソファで寝ていたエミも起きてきて、私、夫、エミがベッドの回りを取り囲んでミホの手を握り、ミホに励ましの声をかけ、ミホを見つめていた。マヤのボストンからのフライトが朝八時五分に到着するので、当初の予定では夫が迎えに行くはずだった。しかしこの状況では、私たちはミホのそばを離れてはいけないと思った。

そこで、まだ午前四時だったけれど、フェイスブックに「誰か、マヤをミッドウェイ空港まで迎えに行ってくださる人はいませんか？　朝八時五分到着予定です」と投稿した。日本の人はすぐに見てくれただろうが、地元の人が見てくれないと意味がない。しかしシカゴはまだ午前四時だ。六時になる頃までには誰かが見てくれることを期待していたら、なんと投稿してから四十分後、以前の教会で親しかったリサが、夫のゲアリーと二人で迎えに行ってくれるとコメントしてくれた。

ハレルヤ！　リサとゲアリーなら安心して任せられる。リサは後に、ふだんはこんなに早起きしないし、こんな時間にフェイスブックは見ないのだけれど、きっと神様がそうさせたのだと思う、と言っていた。


相変わらず苦しげに浅い呼吸をしているミホに、「マヤももうすぐ帰ってくるよ！」と声をかけた。パパは、寝ているケンを起こしてリビングに連れてきた。「ケンちゃん、お姉ちゃんに、I love you って声をかけてあげて！」私がそう言うと、ケンは口ごもりながら小さな声で「アイシテルヨ」。「それじゃあ聞こえないよ。じゃあ、お姉ちゃんの手を握ってあげて」すると今度は、人差し指一本を伸ばし、ちょこんとミホの手に触れるだけ。

無理強いするわけにはいかないので、それ以上言うのはやめた。十四歳のケンの心が何を感じているのか、私にはわからないのだから。

その頃、シカゴはまだ早朝だったけれど（多分午前五時頃）、日本はちょうど夜の早い時間だったので、そうだ、日本のおじいちゃんとおばあちゃんに電話をしよう！　と思いついた。そして、私の母と父に電話をした。ミホはことばで返事はできなくても、おじいちゃんとおばあちゃんの声を聞いて、二人が「愛しているよ！」と言ってくれたのはわかったと思う。おじいちゃんとおばあちゃんの声を聞いたとき、ミホのあえぎ声のトーンが変わったような気がしたから。

その後、ミホの顔色は青みがかった白になっていって、もはや意識があるかないかもわからず、とても話ができるような状態ではなくなっていた。しかし、ある時点で急にぐっと上体を起こし、かなりはっきりとした口調で、「I love you」と私たちに向かって言った。そして、残っている力を振り絞るかのように、青白い顔で、にっこりとほほえみかけてくれた。必死で笑顔を見せようとしてくれているのがわかった。私もパパもエミも、泣きながら「ミホちゃん！　ミホちゃん！　We love you, too! We love you!!」と叫んだ。ケンは少し離れたところで泣きじゃくっていた。

私はマイケルに連絡しなくちゃと思った。まだ六時前だったが、連絡すべきだと思って電話した。マイケルはすぐに電話に出て、今から向かいますと言ってくれた。

私たちが一生懸命ミホを励ましていると、ミホはあたりを見回して、再びかなりはっきりとした口調で、こう言った。「Where is Michael?（マイケルはどこ?）」

私は、「マイケルには電話したよ。今こっちに向かってるから。もうすぐ来るから。それまで頑張って！」それを聞くと、ミホは納得したように目を閉じ、荒い息のまま再びうとうとした。私たちは、「ミホちゃん、マイケルとマヤが到着するまで、まだ行かないで！　まだ眠ってしまわないで！　もうすぐ来るから。もうすぐ帰ってくるから！」と何度も励ました。

顔は怖いほどに青白く、手も冷たくなってきた。しかし夫が、「温めたらいいかもしれない！　まだ諦めるな！」と叫んだ。私もそれを聞いて、そうだ、諦めちゃだめだ！　と思い、手ぬぐいをお湯でしぼって、ミホの顔に当ててみた。パパやエミは、ミホの手をさすっていた。

マイケルは電話をしてから一時間たたないうちに到着した。私がマイケルに、「ミホに声をかけてあげて。話しかけてあげて」と言っても、彼はしゃくりあげて泣いてしまって、「ミホ、僕だよ」としか言えなかった。

私たちは「マヤが来てないから、まだ行っちゃだめよ！　もうすぐだから。ミホ、頑張って！」と励まし続けた。ミホは反応できなくても、こちらの声は聞こえているはずだと思い、みんなで交互に過去の楽しかった話をした。
「ミホちゃん、あんなことがあったね、こんなこともしたね。楽しかったね！　ミホちゃんは本当にかわいかったね。賢かったね。いい子だったね！　ミホは本当によく頑張っているよ。強くて、優しくて、思いやりにあふれて、パパとママと家族みんなの誇りよ！We love you so much!」「ミホちゃん、あなたはこれで終わりではないから。いったんイエス様のところに行って、苦しみは全部取り除いてもらって、御腕の中で優しく守られて、それからイエス様がこの地に戻ってくるときに、あなたも新しい栄光のからだをいただいて、一緒に戻ってくるのよ！　その頃までには、ママもパパもみんなミホがこれから行くところに行っていると思うから、みんなで一緒によみがえろうね！　新しいからだをもらって、みんなで一緒によみがえろうね！」

八時十二分にリサから「今マヤをピックアップしました、そちらに向かいます。あと三十分よ！　ミホ、頑張って、あと三十分！」と連絡が入った。マヤは八時四十五分には家に帰り着いた。

マヤ帰宅

マヤが部屋に入ってくると、ミホは声は出せなかったものの、目を開けて反応した。マヤが帰ってきたことはわかったのだろう。マヤも泣きながらミホの手を握って声をかけた。家族全員、マイケル、そしてウィルソンもミホのベッドを取り囲み、ミホを見守った。

マヤが帰宅してしばらくすると、それまでのミホの息の荒さが落ち着いてきて、ふつうに眠っているかのようになった。ずっと握っていたミホの冷たい手が、いつの間にかポカポカと温かくなっていた。ミホも安心したのだろうか。このまましばらく寝て、数時間したら何事もなかったかのように起きるのではないか、そんなふうにさえ思えた。

この頃には、みんな疲れが出てきていた。夫も徹夜したし、マイケルも夜中に帰宅してから結局眠れなかったそうだ。マヤもボストンを朝四時発だったため、寝過ごさないように友達につきあってもらって徹夜だった。マヤはミホのベッドの足元に突っ伏して寝てしまっていたし、夫もソファに倒れ込んで寝てしまった。ケンも部屋のすみで寝ていた。マイケルもいすに座ってぼんやりしていたので、「ミホは落ち着いているみたいだから、今のうちに少し寝てらっしゃい。ミホの部屋のベッドで寝てらっしゃい」と言うと、素直に二階に上がっていった。

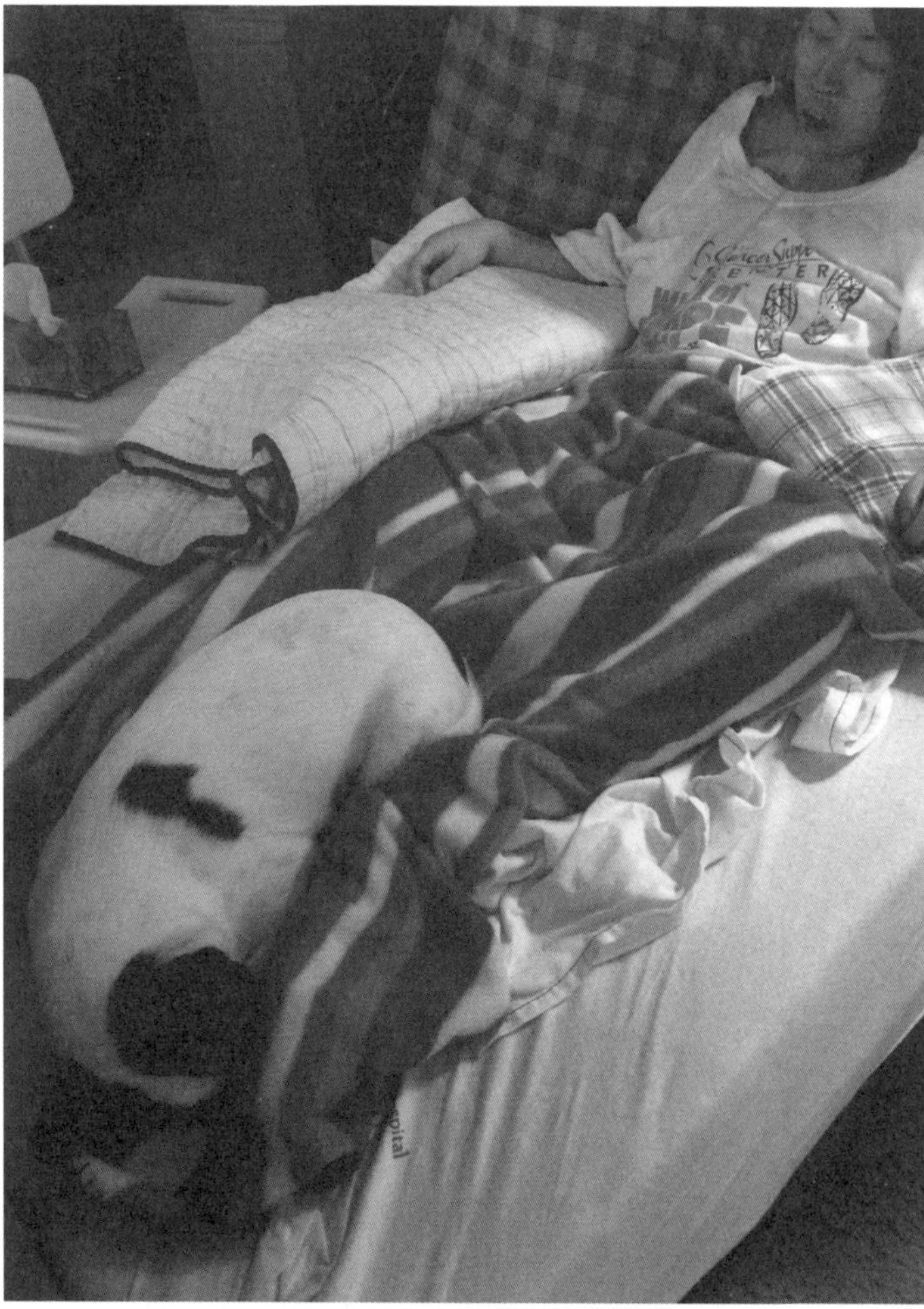

みんながベッドの回りから離れたのをこれ幸いとばかりに、ミホのベッドの上で丸くなって眠るウィルソン。ウィルソンがミホと寝たのはこれが最後になった。午前 10 時頃。

私もこの時点でちょっと一息ついた。これで一山越えて、何とか持ちこたえてくれるのではないかという期待もあった。二階のマイケルの様子を見に行くと、彼はミホのベッドの上で、ミホの枕を抱きしめて嗚咽して泣いていた。

しかしこのあと、十一時頃、再びミホが吐血した。夜中のときほどひどくはなかったもののの、ミホが苦しんでいることには違いない。家族も全員そろっているし、もうこれ以上ミホに頑張らせるわけにはいかないのだろうと思った。神様がこの場で劇的に癒やしてくださるのでなければ、たとえ生きている時間を引き延ばしても、結局、吐血と錯乱を繰り返すだけなのであれば、あまりにもかわいそうだ。それならむしろ、このまま安らかに御元に連れていってあげてくださいと祈らずにはおれなかった。

家族に見守られる中で

私は腸ろうのチューブを引っぱらないように気をつけながら、ミホのベッドによじ上った。そしてミホの隣に座り、私の右腕をミホの肩に回して抱いた。そしてミホの左手を私のひざの上に乗せた。ミホはぜいぜいと荒い呼吸を続けていた。この頃になると、寝ていたみんなも再び起きて全員ベッドの回りに集まった。ケンだけは、ちょっと離れたところに立っていた。

目を閉じて苦しそうに呼吸するミホは、寝ているのか起きているのかよくわからなかったけれど、私たちは静かにミホに語りかけ続けた。時々、ことばが途切れ、みんなでじっとミホを見守った。そして、多分、息を引き取る十分くらい前だったろうか、ミホが声を出した。最初は小さな声で弱々しく「アイ アウ ユー」と、そして、次はもっと大きな声で、弱りきった体に残っている力のすべてを振り絞るようにして、ほとんど怒鳴るかのように、「アイ アウ ユー、**アイ アウ ユー！**」と。

私たちは顔を見合わせて、「I love you? ミホちゃん、今、I love you って言ったの？ We love you, too, ミホちゃん！ We love you, too! We love you! ミホちゃん、I love you って言ってくれてありがとうね。苦しいのに、そう言ってくれてありがとうね。私たちも、I love you だよ！」

私たちはミホを見守った。時折そっと語りかけながら、静かにミホを見守った。私の腕の中でミホの呼吸はだんだん遅くなっていった。そして最後に三度、ゆっくりと長い呼吸をした（あるいは短い呼吸を間隔をあけて三回したのかもしれない）。それまで上下に動いていた肩が止まり、首が前のめりになった。私は腕の中のミホの肩をギュッと引き寄せて、「ミホちゃん？　ミホちゃん？」と、顔をのぞき込みながら呼んだ。もう反応はなかった。

それまでは、力を込めて抱きしめたら痛いだろうと思い、そっと抱いていたのだけれど、そのときは力を入れて抱き寄せた。朝からのシフトで隣の部屋で待機していたＣＮＡが聴診器を持ってきて、ミホの胸に当てた。そして「Her heart is stopped（心臓停止しています）」と言った。

私が、「今、何時？」と誰にともなく聞くと、マイケルが「十二時五十二分」と言った。まだ昼間だったのか、と驚いた。もう夕方のような気がしていた。

二〇一六年三月五日　午後十二時五十二分。ミホが主のもとに召された。

私は腕の中に抱いていたミホの頭を、枕の上にそっと置いた。マヤとケンは泣きじゃくっていた。エミは目を赤くし、マイケルはヒクヒクとしゃくりあげていた。私たちは一人ひとり、ミホに、「ありがとう、I love you」と告げた。夫と私は、「We are so proud of you. Well done, our beloved daughter. We love you（あなたのことを心から誇りに思う。よくやった、愛しいわが娘。愛してるよ）」と告げた。

死は今なお、私たちにとって最大の敵である。悪魔は死をもって私たちを圧迫してくる。しかし、初穂であるイエスが死者の中からよみがえられたゆえに、私たちもまた、同じように朽ちないからだを着てよみがえらされる日が来るのだと知っている。そのときには、死は勝利に飲まれる（Iコリント一五・五四参照）。

ミホは、本当に最期までよく頑張った。彼女の闘いは華麗だった。感謝のことばと愛のことばで貫かれていた。もちろん時には痛みや悲しみゆえにかんしゃくを起こしたときもあったけれど、それでも、ミホはいつも感謝と愛とあわれみの心で満ちていた。葬儀に来てくれた大勢の友人たちも、それを証ししてくれた。この地上での最期のことばが「I love you」だとは、実にあの子らしい。苦しみのただ中からなおも愛を告白できるところは、幼児の頃から少しも変わっていないのだ。敵は、ミホに神様をのろわせ、親をのろわせ、この世の中をのろわせたかったのだろう。何とかミホに、いのちではなくのろいのことばを吐かせようと、苦しみを与え続けたのかもしれない。しかし彼女は屈しなかった。

苦しみを苦しみとして受け止めつつも、自分の肉体の弱さを受け入れつつも、決して屈しなかった。そして、この地での最期を「I love you!」と叫ぶことで締めくくった。

敵はさぞかしくやしがったことだろう。イエスが十字架の上で赦しのことばを語ったように、ミホは病の床で死の淵から愛のことばを語った。たとえ肉体は死んでも、ミホはこの闘いに勝ったのだ。イエス様もミホに、「よくやった、よい忠実なしもべだ!」とおっしゃっていることだろう。

ミホ、あなたのいのちと闘いを通して私たちにたくさんのことを教えてくれてありがとう。I am so proud of you. そして、ママもあなたを愛してるよ。一緒によみがえろうね。

エピローグ

「兄弟たち、私はこのことを言っておきます。血肉のからだは神の国を相続できません。朽ちるものは、朽ちないものを相続できません。聞きなさい。私はあなたがたに奥義を告げましょう。私たちはみな眠るわけではありませんが、みな変えられます。終わりのラッパとともに、たちまち、一瞬のうちに変えられます。ラッパが鳴ると、死者は朽ちないものによみがえり、私たちは変えられるのです。この朽ちるべきものが、朽ちないものを必ず着ることになり、この死ぬべきものが、死なないものを必ず着ることになるからです。そして、この朽ちるべきものが朽ちないものを着て、この死ぬべきものが死なないものを着るとき、このように記されたみことばが実現します。

『死は勝利に呑み込まれた。』

『死よ、おまえの勝利はどこにあるのか。

死よ、おまえのとげはどこにあるのか。』」（Ⅰコリント一五・五〇～五五）

二〇一六年三月六日朝

今朝目が覚めたとき、コリント人への手紙第一、十五章五十～五十五節が心に迫ってきました。主なるイエスが私に与えてくださっている希望と慰めです。イエスがこの地に戻ってくるとき、ミホもまた朽ちることのないからだをいただいてよみがえるのです。

ミホがステージ4の転移がんの宣告を受けたのは、去年のイースター（復活祭）の直後でした。ミホはまだ二十歳でした。そのときは、イースターのメッセージに進行がんの知らせはそぐわないように思いました。しかし今年のイースターを前にミホが召され、今感じるのは、神様は最初から私たちに復活の希望を語っておられたのではないか、ということです。

私はこの地上でミホと会えなくなるのは嫌だったので、癒やしを求めて祈りました。しかし、彼女が癒やされることなく召されたからといって、ミホが死や病に「負けた」わけではありません。死が勝利にのまれるのは、病が癒やされることによってではなく、朽ちるものが朽ちないものを着、死ぬものが不死を着ることによると聖書は言います。ミホの肉体は死にました。しかしそれは、もともといずれは滅びることになっていた体です。私たちの朽ちる体は、遅かれ早かれみな死んで地に返ります。朽ちる体、血肉の体では、朽ちることのない神の国を相続できないのです。けれども、今はこの体を失っても、やがて朽ちないからだ、永遠に生きるからだ、栄光のからだを持ってキリストと共によみがえらされます。そしてもはや病も苦しみもない、すべてがあるべき姿に回復された世界に生きるようになることを、聖書は約束しています。これは、ミホや私たちに約束されている聖書の希望です。

ミホがここからいなくなってしまったことは、とてつもなく悲しいです。ミホが最後の三週間を過ごしたベッドは空になってしまいました。私はそのベッドに横たわり、私の腕の中にあったミホの体の感触を思い出そうとしています。まだ部屋に残っている彼女の吐血のにおいでさえも、ミホが確かにここに存在していたことを証明する甘い香りのようです。つい昨日まで、ここに、このベッドの上にミホはいたのに、今はもういないなんて。ミホのことが恋しくてたまりません。もう一度会いたい。もう一度声を聞きたい。もう一度抱きしめたい。

もし私が泣いているのを見ても、どうか心配しないでください。私は大丈夫ですから。私には希望があります。だから安心してイエス様の腕の中で泣くことができます。今はただ泣きたいのです。

ミホや私たち家族のために注ぎ出された多くの祈り、そして支援を心から感謝いたします。多くの方々の祈りや優しさに支えられなければ、私たちはこの十一か月間、どうなっていたことでしょうか。みなさんを通して与えられた主の慰めと励ましと支えを、本当に感謝いたします。そして、このような悲しみの中でも私たちといつも共にいてくださり、復活と神の国の希望を、そして残された者たちに明日からも生き続ける希望と力を与えてくださる主に、感謝します。主の御名がたたえられますように。

（フェイスブックへの投稿より）

あとがき

本書は、娘の闘病中に私がブログやフェイスブックに書いた文章をもとに、加筆修正して回想録として編集したものです。もとは個人的な記録だったものを、お手に取ってお読みいただき、どうもありがとうございます。

タイトルの『隣に座って』は、美穂が病気になってから、私や夫に向かってよく言っていた、「Mama(Dad), come sit by me（ママ［パパ］、こっちに来て隣に座って）」ということばから取りました。それは娘のことばであると同時に、私が美穂の「隣に座って」彼女に寄り添っていた日々の回想でもあり、ただ隣に座るという普通の行為が、そのまま聖なるものとして神様の前にささげられていたという思いを込めるものでもあります。「隣に座る」とは、晩年の娘が何よりも私たち家族に求めたことでした。美穂自身、痛んでいる友人のためにはいくらでも隣に座ることをいとわない子でした。

また、私たちが美穂の隣に座っていただけではありませんでした。この十一か月間の闘病中、多くの友人たちが、祈りを通して、またさまざまな行為を通して、私たちの「隣に座って」くださいました。そして誰よりも、イエスがいつも美穂と共におられ、隣に座っていてくださいました。本書の冒頭に掲載した、がんの宣告を受けてまもなくの頃に美穂が書いた詩でも、一緒にいてくださるイエスを彼女がはっきり意識していたことが見受けられます。

受難前夜、イエスはゲツセマネの園で、弟子たちに「わたしがあそこに行って祈っている間、ここに座っていなさい」「ここにいて、わたしと一緒に目を覚ましていなさい」とおっしゃいました（マタイ二六章三六、三八節）。イエスでさえも、ご自身が苦しみや葛藤、悲しみや恐れを通られるとき、友に一緒に座ってもらうことを願われたのです。ですから私たちが苦しみを通るとき、どれだけ「隣に座って」いてくれる人を必要とするのか、イエスはよくご存じであられるのだと思います。

心理学者カール・ロジャースは、最も個人的なことは、最も普遍的であると言いました。本書は個人的な闘病記、回想録として始まったものでしたが、原稿をまとめていく中で、病や死別に限らず、さまざまな試練、苦しみ、生きづらさを通っておられる方々に、本書がいくらかでも寄り添うものになることができれば、という祈りが生まれました。

人間にとっていちばんつらいことは、人から、社会から、そして神から、見放され、見捨てられたように感じることではないでしょうか。苦しみがあることそのものよりも、その苦しみの中に一人取り残され、忘れ去られてしまったと感じることではないでしょうか。

けれども、十字架上で「わが神、わが神。どうしてわたしをお見捨てになったのですか」と叫ばれたイエスほど、見捨てられることの悲しみ、恐れ、痛みをご存じの方はいません。そしてイエスは、「インマヌエル（神がわれらと共におられる）」というお名前を持って、この地に来てくださいました。そのお方が、今ここで、私たちと共におられます。いついかなるときも、どんな痛みや暗闇を通るときも。私たちがそのことをいつでも思い出すことができるよう、本書がその一助となればと願ってやみません。

キリスト教の基本信条であるニカイア信条の最後には、「わたしたちは、死人のよみがえりと来るべき世の命を待ち望みます」とあります。「来るべき世の命」とは、イエスを信じる者に約束されている「永遠のいのち」であり、イエスによってすでにこの地で始まり、やがてイエスの再臨とともに完成される神の国でのいのちです。私もこの希望を心から告白する者です。

美穂の地上での命はここでいったん幕が閉じられましたが、家族や友人たちは、この希望を持ってこれからも旅路を歩き続けます。私にとっては、それは悲嘆と向き合い、共存していく道のりになります。我が子との死別という痛みを通して生まれてくるものを受け入れ、育てていくプロセスでもあります。当初の予定では、美穂が召されたあとの私の悲嘆の旅路の記録も一緒にまとめるつもりでしたが、あえて分けることにしました。美穂の

たら幸いです。いのちの回想録の続編として、悲嘆編も現在準備中です。そちらもお手に取っていただけ

なお、聖書引用箇所は、ブログに記された当時は新改訳第三版を用いていましたが、本書にまとめるにあたり、新改訳二〇一七年版と差し替えました。また本書には、私が本やインターネットで読んで心にとまった多くのことばが引用されています。それらは、もとは英文だったものを私が翻訳しました。出典がはっきりわからないものもあります。また、既存訳があるものも、本書では私が訳したものを用いています。

最後になりましたが、ブログの書籍化を勧めてくださり、ここまでの道のりを共に歩んでくださった、いのちのことば社の編集者であり私の長年の友人である結城絵美子さんに、心からの感謝を申し上げます。絵美子さんの励ましがなければ、本書は実現しませんでした。本当にありがとうございます。

二〇一九年　夏

中村佐知

隣に座って
スキルス胃がんと闘った娘との11か月

2019年11月1日発行

著者　中村佐知

発行　いのちのことば社 <フォレストブックス>
〒164-0001 東京都中野区中野2-1- 5
編集 Tel.03-5341-6924 Fax. 03-5341-6932
営業 Tel.03-5341-6920 Fax. 03-5341-6921

装丁・装画　桂川潤

印刷・製本　日本ハイコム株式会社

落丁・乱丁はお取り替えいたします。
Printed in Japan

ISBN978-4-264-04065-1